시골시인-J

시×산문

허유미

고주희

김애리샤

김효선

우리는 왜 이어달리기를 하는가

가끔씩 빛이 나타났다 사라지는 계절이다. 겨울은 결핍의 최전방. 봄을 끌어들여 생장과 변화가 무엇인지 보여 준다. 무엇이 얼마나 소중한지를 깨닫게 하는 것이 바로 결핍이다. 처음부터 없었던 것들 혹은 있다가 사라진 것들, 놓친 것들, 버린 것들로 결핍은 생겨난다. 물론 인간이라는 존재 자체의 근원적인 물음에서도 결핍은 빠지지 않는다. 시는 끊임없는 결핍과 결핍의 싸움이다. 결핍을 채우려고 쓰기보다는 결핍 자체를 인정하는 태도라는 생각이 든다. 그 가운데 여러 형태의 형식들이 존재한다. 그리고 우리는,

이어달리기를 선택했다. 왜 이어달리기를 할까. 혼자 뛰는 게 더 쉬울 텐데. 오롯이 나만 신경 쓰면 될 텐데. 굳이 협동 단결의 의미를 내비치려 하는가. 그건 어쩌면 수면 아래 보이지 않는 호흡에 대한 이야기다. 눈에 띄고 잘 보이는 존재를 위한 것이 아닌 잘 보이지 않지만 분명 존재하고 있는 어떤 숨결에 대해. 관심은 태도를 바꾸고 방향을 제시하기도 한다. 수많은 길과 선 위에서 우리는 출발한다. 중요한 건 출발한다는 것. 그것이 어디든 어디로 가든. 그러다 어디로 가고 있는지 잘 가고 있는지 무엇을 향해 가는지 목적과 방향을 잃어버릴 때가 있다. 그럴 때 이어달리기가 필요한

것이 아닐까. 함께 달린다면 바통을 넘겨야 할 상대가 누구인지 어떻게 넘겨야 하는지 보게 된다. 그리고 하나의 선에서 다른 선으로 옮겨 갈 때 긴장의 끈을 놓지 않게 된다. 서로를 놓치지 않으려고 자신이 가진 한계에 부딪히면서도 무던히도 용을 쓰게 된다. 시에서 이어달리기는 그런 게 아닐까. 나만 잘하는 것이 아니라 같이 뛰는 주자들이 잘할 수 있도록 응집력을 끌어모으는 일.

　　물론 쉽지 않았다. 서로를 잘 모르는 네 명이 바통을 쥐고 뛴다는 것. 걱정과 우려는 손톱을 낳기도 하는 일이라서. 내 마음과 네 마음은 분명 다르다는 걸 느끼는 순간이 온다. 양보와 배려 차원이 아니라 잘 쓰기 위한 고집이랄까. 그렇게 성장하는 것이기도 하고. 보이지 않고 잡히지도 않는 시를 앓는 과정이겠거니 한다. 그러나 우리는 두 번째 주자. 첫 번째 주자가 잘 달려 준 길을 조금은 평탄하게 달린다. 먼저 손을 내민다는 것, 그 손을 잡아 주는 일이 쉽지 않다는 걸 안다. 처음은 누구나 아득함에서 시작하니까. 하여 우리가 넘겨받은 바통을 넘겨 줄 다음 주자를 기다린다. 갈수록 숨이 차고 긴장되는 순간이 오겠지만 그런 쫄깃함을 즐기는 것이 또 시 쓰기가 아닐까. 부디 지치지 말고 벅찬 감

동의 순간을 함께 달릴 다음 주자를 기다린다. 그 봄에 곧
당도할 당신을 부디 빌어 본다.

2022년 4월
두 번째 바통을 받아 든 당신들과 함께 김효선
시골시인-J

시골시인-J

1 여길 다녀간 적이 있다

2 상처가 몸의 중심이었다

허유미

5 사랑하면 불안은 어느 쪽으로 가든 만나는 나이테 같아

김효선

짜이 보라

김효선

첫 선물로 받은 상자가 텅 비었다면
상자를 먼저 버릴까 눈물을 버릴까

새처럼 지저귀는 모국어를 배우면
손가락으로 그린 동그라미가
물구멍처럼 아득해진다

바다에 바친 제물이 갈치 떼가 되어
만선의 바람을 타고 서쪽에 당도할 때
뼛속까지 원죄가 박힌 전생을 물어
대정 몽생이*라 불렀다

태어나지 않은 건 아직 죽지 않았다는 천기天氣
착한 아이들만 빨래 바구니를 들고 휘파람을 따라갔다
가도 가도 더할 나위 없는 나쁜 날씨를 훔쳐
대지보다 더 검고 질긴 외투를 입었다는 몽생이

계절 없이 축축하게 젖어 있는 문패 사이로 들리는
짜이 보라 짜이, 무사 정 햄시?**

폐에 가득 찬 모래를 어쩔 수 없어 내뱉는 첫소리

바람의 모국어를 알아듣지 못하고
까마귀들이 남기고 간 발자국만 세는 사람들은
한 나무가 품은 생각을 놓쳐 다른 열매가 달리고

사실
현무암과 휘파람이 한 핏줄이라는 소문은 놀랍지도 않
다
금기를 깨야 완성되는 유일한 출구니까
우리는 입구만 있고 출구가 없는 먼 불빛으로
영원이라는 갈증을 갖게 되었지만

서쪽은 서쪽의 힘으로 큰다
모살밭에 과랑과랑 쏟아지는 볕 맞으며***

닿고 고이고 차마 뱉지 못한 말들이
살지도 죽지도 못하는 바람의 입을 빌려
속죄하는 곳
가장 마지막까지 타오를 사막의 별처럼

짜이 보라, 짜이

* 대정은 제주특별자치도 대정읍을 일컫고, 몽생이는 조랑말을
뜻하는데, 이 지역 사람들이 거친 환경에서 살아남은 이들의 강인함
을 의미하여 부르는 말이다.

** 쟤 좀 봐, 쟤는 왜 저렇게 소리를 지르는 거니?

*** 모래밭에 따갑게 쏟아지는 햇빛 맞으며.

언박싱 모슬포

너무 빨리 자라는 사막이야, 촉진제를 달고 온 바람이야

복숭아는 시고 떫은 사람을 닮았고
무화과엔 못 먹는 개미가 들끓었지

풀숲마다 바람처럼 날아다니며 뱀은 고백했지
내 허물을 덮어 주면 네 발을 감춰 줄게
텀블링하며 학교로 사라진 아이들은
태어나자마자 떨어진 발을 주워 들고
뚜벅뚜벅 꿰매기 시작했어

짐승의 걸음을 멈춘 목소리였어
얘야, 얼른 두 손을 질긴 가죽 주머니에 넣어 두렴
등이 굽은 날씨에서 엷은 피비린내가 스쳤지
닫아 둔 창문에서 내가 태어난 소식이었어

거친 바람은 거친 말을 쏟아내며
어디까지 팔을 뻗어야 까만 눈빛이 열릴까 고민했어
낯선 웃음이 헤프게 달려들 땐 깊고 깊은 용천으로
조곤조곤 여린 이파리들을 흘려보내야 했지

그럼에도 불구하고 뼈가 억센 자리돔도

두불콩에 간장을 넣고 자작하게 졸이면

눈빛이 달라지는 세계가 있다는 걸 너는 아니?

너무 빨리 자라는 모래를 심었지 굳기 전에는 악수할 수

없는

첫 물질

허유미

노래를 따라가 보니 물속이었다

무슨 노래였는지 기억이 나지 않지만

일요일의 아침 햇살 같은 물빛이었다

엄마는 담배를 물고 불안으로 늙고 있었다

섬에서 늙는다는 건 비밀이 될 수 없다

덜 먹고 덜 기대하고 덜 꿈꾸는 것이 비밀이었다

비밀을 없애기 위해 물에 드는 여인들의 노래는

바다의 상상이었다

여인들의 얼굴은 눈이 부시었다가 흐릿해졌다

명령은 아니었다 그렇다고 낭만도 아니었다

순전히 노래가 가는 방향이 물이었기 때문이다

불안과 비밀을 나눌 곳이 그곳밖에 없었기 때문이다

노래는 시작은 있지만 끝은 없다 했다

돌고래만 지나는 물길은 잊어도

노래를 잊지 못하는 건 바다의 상상 끝에 가 보지 않았
기 때문이다

물속에서 마주한 여인의 표정이 나이고

나는 여럿이고 봄밤이 가라앉고 있었다

노래는 춤인 듯하고 춤은 물의 윤곽인 듯했다

거기서부터 알면 된다는 듯 손금이 늘어났다

서툰 만큼 울어도 되는 곳이었다

열다섯을 지나는 그곳에 나는 있었다

성게

포구 여자들은 이름이 많다
추진 요 아래 무딘 종소리는 누가 묻고 갔을까

성게 여물을 꺼내는 건
혼잣말을 보는 것 같다

말도 오래 물끄러미 바라보면 여문다

포구에서 이별은 사랑이 여문 것이다

좀처럼 물 위로 드러나지 않는 성게가
반쯤 지워진 얼굴처럼 검푸르게 바위에 돋았다
사랑과 사랑이 커져 서로를 짓누를 때 터져 나오는 말을
먹으러

목에 걸린 이름으로 생과 사를
깊숙이 물에 넣는 것이 포구 여자들의 억양

겉마음을 속으로 속마음을 겉으로 보내며
기어이 사는 성게 가시는
혼자 쓰는 언어처럼 독이 서렸다

한 사내가 사라지고
긴 밤의 표정으로 금이 간 그릇을 채우는
여문 말들의 무게에
섬의 미간이 좁혀진다

숨 쉬는 벤디*

김애리샤

한라산 둘레길
키 큰 나무들 이파리
바람이 흔들고 지나갈 때
이파리들 저마다
하나씩 가지게 되는 길

흔들리는 만큼
그만큼씩 멀어지고
그만큼씩 가까워지는
스스럼없는 간격
꼭대기의 수줍음

그 길 따라 내려오는 햇살들
오목조목 넓히는 지평
한라부추 다람쥐꼬리 설앵초 금방망이가
숨 쉴 수 있는 아름다운 공간
하늘의 무한한 표정을
서로 나누어 갖기로 하는 마음

한라산 둘레길
키 큰 나무 이파리들이

허투루 흔들리지 않는 이유

한 뿌리에서 나고 자랐어도
숨 쉴 수 있는 만큼의 거리는
유지한다는 것

*볕이 드는 곳.

머체왓*에서

수레국화가
바람 모양으로 흔들리다
정지하는 순간 그곳의 모든 것들
당신의 배경이 되었다

멀리 보이는 거린족은오름과
더 멀리 보이는 백록담이
당신의 배경이 되었다

아무렇게나 굴러다니다
아무렇게나 자리 잡은 돌들이
넓은 들판을 이룬 곳
머체왓

이곳에선 누가 돌보지 않아도
있는 그대로 자라나고
햇살만큼 피어난 야생화들이 빛난다

꽃들이 여기에 뿌리내린 까닭이나
계곡을 스쳐 간 고요의 시간들을
우리는 알지 못하지만

그대로일 때
그대로여서
더 아름다운 것들이 있다

언제나 그 자리를 지키고 있는
머체왓 폭낭 아래 벤치 같은 사람
봄이면 어김없이 피어나는
수레국화 같은 사람

당신이 그렇다

*서귀포에 위치한 숲길.

란제리 곶자왈

고주희

뿌리가 다 드러난 길을 걸으면
순례자와 산책자의 어디쯤,

바람이 불면 모래 우는 소리가 나는 사막을
나뭇가지로 감아올린 열대를
어딘가에 두고 오는 중이에요

입구에 들어섰는데 출구가 겹쳐
잠깐 눈인사를 나눈 사람들, 너무 외로워
잔가지 뻗듯 손을 내밀고 싶지만

천 개의 계단을 오르면 물고기와 상형문자와 붉은 산
호가
당신을 기다리고 있을 것

나뭇잎들이 몸을 불리는 시간
겨울이 아니어도 가끔은 눈처럼 희지만
녹지 않는 것들이 뭉쳐 다니기도 하는 곳

새우난에서 시작한 말놀이가 란제리로 이어지는
아름다움이 파멸되는 것 사이의 악력握力을 생각하다

노란색을 과하게 쓴 일을 떠올리며

난 그저 하루를 조용히 보내고
밤에는 당신과 대화를 하고 싶을 뿐이에요

하루에도 많은 것이 바뀌는 이곳에서
손을 꽉 움킨 또 다른 손의 겨울을 녹이며
땀이 흐르는 이마가 되는 곳 자왈

나무의 경로를 따라 나체에 이르는
육체와 원시림의 순서를 모른다고 하진 않겠지요, 당신

완결한 것도 무결한 것도 아닌 것들이
숨이 턱에 차오르도록 걸을 때
딱따구리가 내는 소리만으로도
나무의 살결은 한 꺼풀 벗겨지고 있어요

1971년의 여름, 탐라목물원*

최초라 해도 공식 음반은 남기지 못한 전설이고요
나는 그런 게 늘 아쉬운 쪽이라서
이상한 계절의 공간에 오신 것을 환영해요

흙 받는 날,
흙 받는다는 팻말을 지나칠 때마다 궁금해서
황무지에 흙을 받아 놨어요
난대 수종과 온대 수종이 공존하는 일은 어떨까,
흙을 덮고 마무리하는 사람을 지켜봤어요

오백나한의 우락부락한 이목구비들
가까이서 보면 사실 자잘한 구멍으로 이루어졌잖아요
거부할 수 없는 바람과 폭우에 턱선만 남은
당신을 일부러 못 본 척한 건 아니에요

하루건너 강물의 수온이 궁금한 사람과
하루건너 바다의 수온을 잊는 사람 중
휩쓸리는 일은 누가 먼저일까요

감정이라는 고루한 종족을 버린다면
낡은 트럭처럼 적당히 긴장하고 덜 울겠지요

온갖 패악을 떨어도 병신처럼 웃던
여름은 비로소 오랜 농담이 되고 있어요

눈알 빠진 부조 장식에서 새를 놓쳐
석물 한 쌍은 복도와 오솔길로 나란한 오해
마분지로 만든 꽃을 안아도
아직 사람이 살고 있는 동굴 냄새가 나요

양피지에 겹겹 덧쓴 노래처럼
죽은 동물의 체취가 배인 정釘을 들고
얼굴을 복제하는 목물원,

그러니까 어디서부터인가요
지탱하는 나무들과 난분분한 이 돌가루들은

* 1971년 8월에 문을 연 탐라목물원은 2009년 8월, 탐라목석원으로
문을 닫았다.

허유미 ———————————— 시골시인–J

노트 속에 남은 새들의 발자국
무리는 세상에서 가장 큰 고독

길 안에 길

검지입니다
손톱을 둥글게 깎는다면 좋아요
구름을 그리듯 움직여 보세요
우리에게는 시야가 없기에
지팡이 잡은 손가락 끝으로 바람을 뚫어야
공간이 탁 트입니다 거기서부터 시야입니다
거리의 말을 익히듯
시야 안으로 발을 내밀면
거기서부터 길입니다
소음은 원근 없이 도처에 넝쿨처럼 뻗습니다
거기서부터 타인입니다
대화는 오고 가지 않는데
혀를 차고 고개를 절레 흔드는 고요의 물결에
몸이 떠밀려 가기도 합니다
거기서부터 이름이 눅눅해집니다
오래된 편견은 감각을 지배합니다
사과는 과연 빨갈까요
의심이 안심이 되기도 합니다
거기서부터 서성이는 것도 속도입니다
분꽃이 핀다는 소문이 돌 때
지팡이를 딛을 때마다 분꽃 향기가 납니다

거기서부터 내일의 방향을 잡고 싶어집니다

두 손으로 바닥을 짚으면

계절을 덥석 쥘 수 있을 것 같은데

지팡이는 불안만 좋아합니다

불안은 무리보다는 느리게 고독보다는 빠르게

세상을 노려보는 궤도로만 갑니다

지팡이 짚은 곳은 모두 얼룩처럼 보이지만

얼룩도 한데 모이면 풍경입니다

본래

이것은 새와 나 사이의 거리

노트 속에서 새들이 날아오른다

둥글다는
다가오는 말일까
멀어지는 말일까

접시 위에 노른자 무리들이
군무를 펼치고 있다

식탁 위 양념통과 그릇 말라 가는 과일이 숲을 이루고
난반사되는 지저귐 아래서

포크로 노른자를 찌르면
새는 깨진다

은유가 끝까지 다정했던 적이 있었는가
잠시 망설이면 타인이 된다

부리처럼 식은 밥을 쪼아 먹다

고독과 무리 사이
불안한 거리에서
은유는 시작된 건 아닌지 골몰한다

노트 속에 남은 새들의 발자국
무리는 세상에서 가장 큰 고독

요양원

남은 이빨 여섯 개쯤의

규칙적인 동사로만 누워 있을 때

기린은 우기 속으로 들어간다

매일 되짚어야 하는 게 지루한 고민이어서

얼룩무늬를 쑤욱 당겨 보거나 긴 혀로 시계를 핥는 건

기린의 늘어진 고독

홀로 먼 곳을 볼 수 있는 건 구원일까

우기의 밤마다 창문을 열어 두었다

맹렬한 빗줄기에 아카시아 잎과 포도 넝쿨은

내일의 패턴을 생각하며 부피가 커지고

초원의 들판은 태엽을 감은 듯 짙어지는데

기린은 궁금한 것이 사라질 때마다

등뼈가 좁아졌다

목표도 절망도 건조한 시간

사소한 끼니와 사소한 안부를 독송처럼 되새김질하며

다음 생의 믿음만큼 목만 늘린다

몸을 다 빠져나가지 못한 야생의 울음이

무리 지어 우기의 밤을 활주하지만

차트에는 남겨지지 않으므로

기린은 기린을 배제하고 세밀을 앓다

긴 다리가 부러지듯 이빨이 뽑힌다

풀어놓아도 달아날 줄 모르게

자가 격리

이웃이 없었는데 이웃이 생겼습니다
풍경을 몰랐는데 풍경을 알게 되었습니다

이웃이 없을 때는 창문을 열어 두었는데
이웃이 생기고 나서는 창문을 닫습니다

풍경을 몰랐을 때는 밖을 다 가질 수 있었는데
풍경을 알고 나서는 안도 다 가질 수 없습니다

가만히 있는데 자꾸 불어납니다
이웃과 풍경은 남아도 버릴 수 없어 고민입니다

고민은 몰려다닐 수 있고 충분히 나눌 수 있는데
이웃과 풍경은 거리를 아는 만큼 견디는 일입니다

이웃은 혼잣말을 좋아하고
풍경은 물음에 대답이 없습니다

이웃은 끝이 안 보이고 풍경은 처음이 안 보여서
어디를 먼저 염려해야 할지 모르겠습니다

앉으면 일어설 줄 모르고 일어서면 앉을 줄 모르고
앉은 것과 일어선 것 중 먼저 타인이 되는 것을 담장이
라 해야겠습니다

오늘은 혼자가 이웃과 풍경보다 커서 나라고 여기고
내일 담장이 높아진다면 이웃과 풍경의 허밍이라고 여
기고

언니가 온다

태풍에 휩쓸린 집은 바다가 되었다 물결을 적시며 소원을 빌고 잠을 자면 지느러미가 생길까 엄마는 망사리에 언니 시집을 건져 담고 오는 날에는 미역국을 끓였다

예감이 들어맞을 때마다 사라지는 몽고반점 언니와 멀리까지 달리기 내기를 했었다 여름 끝까지 먼저 달려왔을 때 미역국 그릇이 한쪽으로 기울었다 신발에 물이 고인 채 찰박찰박 마당만 뛰어다니는 언니 뒤로 갯메꽃이 피고 있다 언니 말이 갯메꽃에만 닿았다

언니 대신 시집을 읽으면 언니 기억이 나질 않는다 꽃병에 꽃을 꽂고 팝송을 들으며 언니를 베끼는 밤에는 무인도가 생겨났다 어둠은 무인도의 언어 사람과 사람 사이 사라진 것들은 모두 무인도에서 일기로 쓰인다 언니가 뛰어다니던 마당을 엄마가 어금니로 꽉 물고 있어도 가을이 가고 파도는 오고 겨울이 가고 파도는 온다 쓸모없어 가여운 밤이 헛바늘로 남았다 미역국 한 그릇을 비워 본 적이 없기 때문이다 언니라 쓰고 쉼표를 찍어야 하나 마침표를 찍어야 하나 고민은 무인도에서 달콤한 꿈으로 바뀐다는데

오래전부터 뛰어오는 소리처럼 빗방울이 후두둑 후두둑

움딸*

내 몸에 물을 간직한 섬이 있다

몸에 찰싹 달라붙어
물의 기억을 되새김질하면
물이 태어난 밤이 환해진다

고백은 어둠을 오래 쓰다듬고

물 없이도 눈빛을 섞을 수 있고
물 없이도 울음을 섞을 수도 있지만

상처가 몸의 중심이었다

숨보다 깊은 물은
상처에서 연록잎을 돋게 하고 나무를 만든다

발끝부터 몸을 거슬러 오는 물의 속살을
밤새 비벼 주는 섬

내 몸의 물빛을 닮은 뺨이
겹겹이 감싸진 섬을 한 바퀴 돌고 나면

돌아갈 길을 잃어버려 몸서리치던 발자국
다시 비린 햇살을 따라가며 웃는다

* 출가한 딸이 죽었을 경우 사위를 재혼시키기 위하여 얻은 수양
딸.

안전의 힘

욕을 뱉을 데라곤 눈밖에 없다 지루한 방학 숙제처럼 날리는 눈 정거장에 사람들이 눈 한 글자에 사랑을 쏟을 때 파카에 보풀을 떼어내며 국수 생각을 하다 몸이 둥 떠올랐다 정물화의 명암, 시소의 수평, 건전지 빠진 벽시계, 바닥에 고정된 의자가 안전하다 생각하는 사람들이 다녀갔다 안전은 질문을 부른다 창밖에 노랑은 몇 개인지 메아리치는 거리는 어디까지 보이는지 달은 선명한지 질문 없이 확인할 수 있는 건 안전뿐이다. 흔들림 없이 넘어짐 없이 안전에 묶인 채 들숨과 날숨으로 헤아리는 하루의 농도 안전을 빠져나갈 수 있는 방법은 안전에 치이고 안전에 눌리고 안전이 완전히 바다날 때까지 없다 이제부터는 안전하게만 살아야 한다는 의사에게서 국수 냄새가 났다. 거리에서 담배도 태우고 자전거를 타고 비도 맞으며 쓸쓸함에 머물다 쓸쓸함도 농담으로 받아들이며 아껴 맛보는 자의 국수 냄새가 퉁퉁 불어 터져도 안전은 반나절을 지나지 않는다 누구보다도 안전을 많이 가진 그는 겨울이 지나면 의족을 차고 공사장에서 안전을 나를 수 있는 일이 있을 것이라 믿는다 안전은 잘못이 없다

엇갈리는 말

딸기에 가려면
똑바로 쳐다볼 수 없는
설익은 말부터 챙겨야 한다
아직 구름의 소리와
해의 발걸음이 되지 않은 말
비스듬히 바라보는 설익다
믿음은 설익다에서 시작되어
증오로 익어 버릴 수도 있다
증오는 끝까지 분명한 맛으로 혀에 남는다
딸기의 단맛처럼
설익은 희망이 욕망으로 익을 때
딸기는 손을 뻗기 전에 으깨진다
욕망은 어디까지가 딸기인지 모른다
설익다가 시간을 꿈꾸는 동안
섬뜩한 문장이 솟구치지 않도록 봄을 조이지 않겠다

영원히 딸기에 도착 못 할 수도 있다
영원은 시작하는 연인처럼 오래도록 설익은 말

빈집 백반

빈집에
빈집이 들어왔다
웃음도 없고
골목을 빠져나가는 말도 없고
빈집이 갖고 있던 고요마저
빈집이 들어오며 사라지고
빈집과 빈집 사이
저무는 해가 서로의 민낯일 때
겨울 한 덩이만 가정으로 남는다
밥을 말하면 아이들이
구름을 말하면 가지런한 신발들
당신을 말하면 벚꽃 잎이 쏟아지는
가정식 표정은 뒤돌아도 보이지 않는 메뉴

빈집에
빈집으로 들어와
조금 더 차가워진 외로움을 파헤치고
조금 더 뜨겁게 마시는 소주로
조금 더 길어진 밤을 어제로 보내는 일은
빈집을 사랑하는 것과 망가뜨리는 것 사이에 있다
베개가 두 개이진 않을까

젓가락이 두 쌍이진 않을까

기대가 두려운 이유는

울음은 엎질러진 뚝배기처럼

털썩 주저앉았는데

겨울은 너무 평온해서이다

시래기나물처럼 축 처진 별들을

한술 뜨고 창문을 닫는다

철철 흘린 울음이 다 빠져나가

빈집보다 들어온 빈집이 커 버리면

심장에 남은 한 덩이 가정마저 있을 곳이 없다

외로운 아이의 버릇*

절벽이었지?

아니 수박이야

네가 우는 소리 때문이야 수박에 떨어지지 못하는 것은

너는 또 그 표정이야 비 말고는 아무것도 모르겠어?

차가 언덕을 돌면 끝이야

뒤를 봐 우리가 지나쳐 온 길에 수박은 없어

비가 유리창을 깰 것 같은데

순서와 법칙으로 십 년을 가도 수박을 볼 수 없어

목적지가 수박이야? 절벽이야?

핸들을 놓치지 마 팔에 주사 자국은 내가 좋아하는 문장
이지

휘어져 본 적 없는 나무들은 안도를 몰라

불꽃처럼 날아오른 왼발의 청춘과 오른발의 청춘

하나는 사랑이고 하나는 사랑을 찌르는 칼

약속한 듯 결심과 결심은 부딪히지 않아

그래 부정이 가장 쓸모 있는 곳에서 추락하자

절벽이었지?

아니 수박이라니깐

네가 대화 흔적을 지울수록 혼자 가는 기분이잖아

누가 보면 외로운 아이인 줄 알겠어

외로움은 자신을 반복하는 걸까 보복하는 걸까

동정하는 것 같아 수박이었지?

아니 절벽이야

마네킹을

마주 보고 있으면 성실해진다
식탁에 앉혀 놓고 닮은 구석을 찾고
영화 볼 때 옆에서 상처를 짚어 주고
자기 전 창문을 열고 어둠을 가리키는
화살표란 화살표를 다 찾으며 시간을 번다
시도 때도 없이 마네킹을 씻기며
징그럽다는 냄새 난다는 기억은 언제 적 불행이었을지
두껍아 두껍아 헌 집 줄게 새집 다오
마네킹이 사는 목표는 오로지
조금 남은 우울과 명랑을 붙들고
중심 잡고 나를 바라보는 일
쓸쓸함도 위로가 된다는 걸 마네킹에게 배운 사랑
두꺼비 헌 집과 두꺼비 새집 사이
살아 있지도 죽어 있지도 않은 버려도 울지 않는
요즘 그런 마네킹 수거함도 있다지만
마네킹을 데리고 버티고 있는 이유는
내가 거의 마네킹 되었다는 것을 들키지 않기 위해서
비밀이 있으면 나는 나를 오래 기억할 수 있다

두꺼비 헌 집은 밤새도록 막막하고
두꺼비 새집은 밤새도록 악악대고

라포

겨울이 돼서야 공터 나무에 싹이 돋았다

이야기는 여기서부터 넓혀 가겠다

매일 나무를 찾아와 등을 보이고 고민했다

일요일은 어디로 갔을까?

아니 늘 하루가 남는 듯하니 오늘도 일요일이군

사랑은 어디로 갔을까?

아니 나밖에 없으니 언제 어디든 사랑이지

공터를 이렇게 정의 내려도 부족해 보이진 않는다

얼었다 녹은 것들이 손에 잡힐 때마다 한 뼘씩 자라는
나무

올 때마다 누가 먼저 와 있는 것처럼

나의 생활을 가진 것처럼 서성이던 발자국을 뒤집어쓴
옹이들

나무가 있어 다행인 건 먼 곳을 보며 고민하는 버릇이
사려져도 된다는 것

공터에 오늘을 몇 번 더 옮겨도 된다는 것

이러한 퍽퍽한 일과가 시절이라

말하는 순간이 왔으면 하는 꿈을 햇볕에 쬐며

무표정한 표정이 무거워지면 오후에는 시만 쓴다고 말
하고 다닌다

계획한 이야기에는 길흉도 없이 늙어 가는 몸이

종점에서 다시 종점으로 생각하는 증상이 보이면

나무에 자꾸만 악수를 청한다

초면과 구면의 구분보다는 외면과 직시의 허락을 구하

는 것이다

대책 없이 시간은 차지해 놓고

남은 노동은 외면과 직시뿐

거울을 보며 나를 인식하는 일도 허둥댈 필요가 없다

당신도 공터에서는 비슷하게 산다

혼자이되 혼자가 아닌

허유미

혼자 놀기를 좋아합니다. 아기 때부터 그랬다 합니다. 형제들과 어울리지 않고 혼자 가만히 앉아 지켜보는 것을 좋아했다 합니다. 최근 여러 심리테스트를 했는데 모든 결과에 공통점이 혼자만의 시간을 소중히 여긴다는 것입니다.

어렸을 적 혼자 있을 공간을 찾으면 학교도 빼먹으며 그곳에서 종일 놀기를 좋아했습니다. 주로 뒷동산, 골목 끝 무덤, 바다였습니다. 염소와 소랑 같이 있었고 파도와 돌고래는 수도 없이 같이 있었습니다. 그래서 종일 혼자이되 혼자가 아닌 놀기, 즐겁지만 쓸쓸한 놀기였고 웃었지만 울었던 놀기였습니다.

청소년 시기가 되니 혼자이되 혼자가 아닌 놀기는 책을 읽고 편지를 쓰는 놀기로 바뀌었습니다. 밤이건 낮이건 구애받지 않고 불안과 절망도 함께 섞을 수 있는 놀기이고 책을 통해 여러 세계를 다니며 아름다움과 추함을 진지하게 보는 놀기입니다. 이 혼자 놀기에 대한 사유와 기록이 지금의 시가 된 것 같습니다. 시를 쓸 때만큼은 내가 유년의 시간과 가장 가깝다 느껴집니다. 저에게는 혼자 보낸 그 유년의 시간이 최대의 불안이면서 최대의 안전입니다.

놀기라고 썼지만 울음이라고 바꿔서 읽어도 될 것 같습니다. 놀기와 울기를 구분하지 못합니다. 둘 다 실컷 보내고 나면 행복하고 어느 순간 몸 깊숙이부터 지치고 그런데도 중독성이 있어 다시 찾습니다. 놀기 울음 시가 겹쳐지면 빛이 됩니다. 빛은 영원과 순간의 양면성을 가집니다. 오래갈지 우연일지 시를 대하는 앞으로의 자세에 달려 있을 겁니다.

혼자 놀기는 어쩌면 섬을 벗어나 살아 본 적이 없어서 그럴지도 모릅니다. 혼자이되 혼자가 아닌 것은 섬 또한 마찬가지입니다. 섬에서 길의 속성은 매정합니다. 어느 방향으로 가도 길은 끊겨 있습니다. 유동을 무동으로 가변을 불변으로 만들어 늘 생의 가장자리에 있는 기분입니다. 어떤 길도 확신이 없고 영광이 없습니다. 끊긴 길에는 늘 동경과 갈망이 남습니다. 이것들은 누구에게는 상처와 고통으로 남아 괴로워하는 모습을 보았습니다. 끝이 없는 길을 쉼 없이 가고 싶은 사람과 끝이 바로 앞에 있다는 걸 뻔히 알며 매일 가는 사람 중에서 누가 두려울까요? 섬과 나는 반복되는 두려운 기억을 많이 갖고 있습니다

어렸을 적 키우던 강아지가 며칠 동안 집을 나가 돌아오지 않더니 며칠 후에 돌아와서는 반나절 지나 죽었습니다. 몇 시간 동안 울면서 막대기로 죽은 개를 몇 번이나 쿡쿡 찔렀습니다. 더 슬프고 더 울 것임을 알면서도 다시 쿡쿡

찔렀습니다. 죽음의 상처와 공포가 섬을 빠져나가지 못했습니다. 그 이후로 섬의 길 끝에서 혼자 놀기란 공포와 상처로 삶을 확인하는 시간이었는지 모릅니다. 이제는 그 시간이 시를 쓰는 시간이 되었습니다. 어둠도 균형을 이루면 어둠만이 갖는 환함이 있듯 나에게 시 쓰기란 어둠의 균형을 찾는 일입니다. 어둠에 더 깊게 침투하고 어둠의 압박을 느끼며 삶의 공포와 상처에 의미를 부여하는 일입니다. 시 쓰기는 불안도 아니고 허무도 아닙니다. 꿈을 꾸어야 잠을 잔 듯 시를 써야 살아가는 듯합니다. 나의 존재를 살찌우고 싶은 욕망이면서 믿음입니다. 그리고 사라져 가는 것들에 대한 위로의 마음을 보내는 방법이기도 합니다.

고주희 ———————————————— 시골시인-J

몰래 시드는 검은 밤의 달력으로
한때는 전력을 다한 당신을 옮겨 심었다

휘슬 레지스터

잔잔한 물결이 검은 물빛으로 변하는 순간
처음 터뜨린 초두성을 기억해요

조개껍데기들의 파편이 수북한 모래 위를 걸을 때
같은 듯 서로 다른 무늬들은 웅얼대며
내가 놓친 노래의 한 구절을 암시하는 것만 같았지요

끝내 잡히지 않는 저편,
낡은 피아노 의자가 떠내려가는 것을 보며
치앙마이에서 돌연 생을 등진 등려군의 심정이 되었는
데요

어느새 젖은 달빛이 내 마음을 대신하는 이곳에
피리를 불듯 호흡이 자유로운
당신을 떠난 바다는 이렇게 말해요

부력을 지닌 최초의 심장이
물결과 물결 사이 손금을 메우듯
내지르던 목청들을 잠잠히 재우는 한때라고

어둠을 씻어내는 배들은 위태롭고

짙은 여름의 열기에도 마냥 숨을 내뱉는
부풀면 끝장인 부레들

아직 따뜻한 아가미에서 피가 쏟아질 때
달콤한 퇴적층처럼
당신의 마지막 얼음이 되어 줄게

바다의 체온은 모두 잊고
작은 탄성처럼 튀어 오르는 밤의 비늘을 보아요
수면 위에서 내가 놓친 한 구절, 놀랍게도 그것은
매일 발작을 일으키는 부러진 게의 집게발

물속에서 당신은 유연해요 가성으론 닿을 수 없는 옥타
브에
전율이 흐르는 피처럼 엉킨 냉장숙성의 밤
검은 물, 조금 더 검은 당신의 머리칼, 피아노의 검은 건
반

풀어지며 굳는 모든 사체의 결말처럼
당신은 인기 많은 백사장의 폐장閉場 같죠

숨을 참고 목을 조여 아침을 여는 이 모든 반복이

성대를 망쳐요 그러나

최초나 최후인 노래의 시작은 닦인 모랫바닥의 일처럼

아무렇지도 않죠

*Whistle Register, 두성에서 확장되는 발성법.

슈, 페이스트리, 나의 작은 사과꽃

봄날에 구워지는 꽃이 있어
연분홍 꽃 지고 나면 냄새가 뒤늦게 오지

똑똑 오븐 문 열고
벌 다리에 꽃가루를 묻힌 양봉업을 시작해

어제 본 꽃과 똑같은 꽃을 보고 싶다는
철없는 너에게 삽목을 권할게

사과꽃을 구증구포하면 사과차가 온단다
생강나무꽃은 꽃 그대로 알싸하고
팬에 덖인 것이 무엇인지 몰라도

적당하게 뜨거운 물을 부으면
화르르 피어나는 것들을 볼 수 있다

이게 네가 보고 싶은 것이라면
모두 따서 가져가렴

사랑하면 꼭 다시 만난다는 시칠리아의 덕담을
외진 이곳에서 들었다

기포가 빠져나가야만 윤기가 도는
너의 부엌

뜨거워진 반죽 사이의 공기가 부풀어
밤의 질감이 노릇해질 때

폐망한 양봉업자를 위해
한입에 쏙 들어가는 자장가를 구워

통째로 부서질까 봐 오늘도
적당량의 향료를 쓰고 설탕을 바른다

가드 망제*

흰 접시를 받아 들고
오전이 다 증발하도록 물그림 그린다

상처 입은 사슴이 치유된다는 온천
도자기 컵에 온천수를 담고 거리를 걸으면
뜨거운 김이 나는 물새 떼의 발자국

물 위를 건너가는 너머의 종소리가
너저분한 식사의 종료를 알리듯 흩어지고
괘종시계의 기괴한 새소리는
현재였던 불과 일 초 전의 세계를 헤맨다

견고한 성과 북벽을 가르는 다리 아래
구호를 원하는 동시에 소요될 얼음만큼의
불안한 스크로비크**양식

민속과 춤이 넘치는 이곳에도
광장을 메운 걸음과 리듬을 따라 봄이 온다고 한다

축제를 거치면 오페라와 재즈가
다음 계절과 죽은 계절을 간섭하는

반도네온 소리가 반복된다

교묘하게 처진 철망을 뚫고 나오는
카나페의 재료들과 지친 웃음과 탄식
보이지 않는 곳에서만 번식하는 것들은
저마다의 주머니 속에서 증폭되고

얼음물에 담가둔 채소와 찬 데서 온 해산물과
언제 식어 버렸는지 모를 마음

음식을 얹기 직전의 도자기 같은 태도에
탄산수 기포 같은 것을 곁들이면
벌레도 통과하지 못할 찬장의 북쪽

서너 벌 깨져도 모를 흰 접시 위로
금 간 손금이 일렁인다

*Garde Manger, 벌레 등의 접근을 막기 위한 찬장.
**크로아티아의 양식.

로이 하그로브*에게 인사를!
—Strasbourg-st. Denis에 부쳐

달빛 환한 봄밤
절름발이 개와 나란히 앉아 맥주를 마신다

그가 서 있는 곳은 온통 붉은 열기로
푸른 도라지꽃이 만발하는 곳

몸통 굵은 베이스와 트럼펫 혹은
플뤼겔호른과 색소폰의 조합
연인은 언제나 흑인에 가깝고

취한 봄의 너머에는
강에서 코끼리와 함께 몸을 씻고
순례에 드는 사람들

마우스피스의 사원으로 가려면
좁은 골목 같은 리듬을 휘돌아
내게서 가장 외진 코끼리를 경배해야 한다

이제 막 밀림에서 돌아온
고단한 노래에 피톨이 새겨지고

표정에 과즙이 돌 듯
열대과일 같은 지구의 밤은 달뜬다

테라스 아래 낡은 춤을 걸치고
각자의 꼬리와 어깨로 들썩이는 것들

잠적한 것들이 하나둘
숨긴 앞발을 내딛으며 정해진 자리에 착석한다

오!누군가 용기 내어 부른 첫 소절
왼쪽 귀에 반짝이는 다이아몬드 귀걸이처럼
착 달라붙은 밤의 모든 것

절름발이 개와 온전한 밤을 위해
입술을 멈추지 마, 달링

* Roy Hargrove(1969.10.16~2018. 11.2), 다시없을 트럼펫과 플뤼
겔호른의 천재 연주가.

흙의 날

유감스러운 일인지 다행스러운 일인지
내가 태어난 이른 봄날의 달력
흙의 날이라는 이름표를 줍는다

누군가 곱게 빗다 반을 꺾은 머리빗처럼 발아래 자꾸만
간질대는 것
어제는 그이와 한 몸이 되는 꿈을 꾸다 꿈에서도
꿈인 것을 알아채고 울지 않았다
잊을 만하면 비릿하게 올라오는 물비린내처럼
울타리 밖은 어느새 목련, 미래의 얼굴은 너무도 태연하
게 나타나
내 손을 낚아채곤 사라졌다

외로움이 가득한 사주라서 어디든 흘러들어야만
완성이 되는 물의 사주
봄이면서 봄 아닌 이별의 부장품으로 흙의 날
삽 한 자루 받아 쥐고 벌벌 떨었다
큰일을 치르느라 정작 울지도 못한
청객이 바로 당신인 것처럼
이 망할 꿈에서 깨어나라고 어깨를 흔들면
발아래 흥건한 목련들

곧잘 사람의 체취를 풍기며 나타나는 것들이
문상 가듯 한꺼번에 몰려온다

너무 애달파하면 살煞을 맞는다는 말
구제되지 않는 망가짐의 말

몰래 시드는 검은 밤의 달력으로
한때는 전력을 다한 당신을 옮겨 심었다

조로아스터교식 화장

엄마, 나 사람을 죽였어—로 시작하는 노래를
도서관에서 들었지요 해 질 녘 아마도 중간고사 벼락치
기
누가 내 사물함에 죽은 토끼를 넣었어요

사는 동안은 침범 없는 혼자였는데
사후엔 가죽바지 하나 지키지 못했어요

비건의 혀에선 마른 풀꽃향이 나는데
시인의 혀에선 무슨 향이 날까요
죽은 가수의 노래는 죽은 가수만 빼고 부르는데
누가 내 사물함에 죽은 토끼를 넣었어요

마이크가 필요했던 걸까요
딸기꽃 하얗게 진 자리에 온통
새빨간 당신이 들어앉아서

식료품 가게의 가지런한 케첩들처럼
앙코르를 청하고 있네요

접시에 놓인 수플레

말캉한 봄이 제멋대로 굴러다녀요

타로를 보고 점사를 보고 종일
운명을 점치고 다녀도
발에 채는 재수 없음 혹은 재주 없음

고음 불가 구역에서 고음을 내지 말아요
자비의 여신은 오늘 밤 집에 안 들어와 블라블라*

시작되자마자 망하는 생이 있다면
우선 토끼에게 사과해요
울게 해서 미안해, 라고 울면서 얘기해요

프레디 머큐리가 절규하는 밤
세상의 온갖 뜨거운 결말이 하나로

지금 막,
조로아스터교식 복수가 시작됐어요

* 퀸(Queen)의 〈Radio Ga Ga〉.

모디카 초콜릿

설탕 하나하나의 균열을 느끼는 중이야
검은색은 멈출 수 없는 물이라고 생각했지

한 번에 물크러지는 것
얼룩덜룩 흔적을 남기며 서서히 물드는 것
적당히 손을 놓아 버린 베란다 구석

자주 조심해도
피하지 못하는 반려식물의 죽음처럼

잠시 나는 그런 생각을 했다
어떻게 해도 이 질감을 벗어나지는 못할 거야

그게 작은 화분이었어도
속이 빤히 들여다보이는 말이었어도

집 앞 가로수가 워싱턴 야자수인 것을
태풍에 유리와 뒤섞인 잎을 치우며 알게 되었다

타공의 한 방식으로 바람이 불 때
검은 바탕에 더 검은 나무들 우뚝 솟아

당신이 있던 자리엔
당신이 모르게 시작되는 어둠이 있다

바닥과 달콤하게 밀착된 말들은
늘어진 혓바닥으로 자주 침을 흘리고

달고 쓴 것들은 범벅인 채로
영원의 한 칸을 건너고 있다

블루치즈가 오는 밤

—우도에서

파촐리 이파리와 모닥불 사이
난데없이 끼어든 의자가 있다

짠물에 색이 날아가 버린 펜션 담벼락
어느덧 그림자 사이에 목책이 생기고

서빈백사 방울만 한 산호는 사라진 지 오래

모래를 부수어 더 작은 모래의 들판을 만드는
이곳의 밤도 협곡처럼 깊어
제법 쿰쿰한 냄새가 난다

양의 젖과 염소젖이 섞이면 어떤 꿈을 꾸게 될까

베 보자기에선 늘 시큼한 향이 나고
장난의 흔적이 역력한 구멍이 여럿이다

새끼손가락으로 술을 휘저어 마시면
복잡한 걸작의 맛이 나

거품처럼 뭉개지며 흐르는

푸른곰팡이를 만날지도 모른다

이미 닿았으므로 쓴맛이 나는

치즈에 숨구멍이 만들어지면
이번 생의 한 주기가 끝난다는 말

조금씩 밀려나는 일주일마다
녹색의 부스러기가 흩날린다

날씨는 뒤집어지게 좋거나 나빠져
당신과 나,
끝없는 자세로 여기에 있다

수국, 이상하고 아름다운 메시아

곤줄박이 날갯짓까지 완벽하게 재현되는
아침 정원에서 내 울음이 후드득 지나간 흔적

리트머스지에 번지는 말을 받아 들고
적당한 물의 온도에서 깃을 털면

귀가 떨어져 나갈 파랑의 추위와
발바닥이 녹아내릴 것 같은 진홍의 뜨거움

거듭되는 온도 차로 직조되는
가화假花, 자기들끼리 번식하는 안개의 포자들

울음은 고일 새도 없이 바빠
아침저녁 간절의 색이 변하는
트리니티 대성당의 독실한 신자들

나의 살갗 밑으로는 애정 대신 소독약이 흐르고*
멀리서 날아든 신앙에 심장은
타들어 갈 듯 발작이 오고

숨지 않고도 갈 수 있는 죽음에 곧 도달할 것만 같아요

당신이라는 본진으로 뛰어들 때
어른들은 예부터 마당에 수국을 두지 말라 하셨죠

전해지는 말에 신경 쓰지 말자고
이상한 기도를 청하는 날엔

종달리 골목과 골목 사이
꼭 누가 보내 준 답장처럼 발목이 빼곡해요

*故 박서원의 「발작·2」에서 변용.

　　　　　고주희

에코백만 많은 사람처럼

집에서만 입을 닫아거는 발랄한 사람이고 싶었어
스탠드업 코미디를 하는 사람 옆을 지키는
불우한 마이크처럼

속옷과 양말이 한데 섞여 돌아가는
밤의 무인세탁은 어떨까

스위치가 꺼진 줄도 모른 채 돌아다니다
탁자에 고꾸라지거나
술잔을 엎거나
간혹 감전이라든가 암전이라든가 아무튼 무대의 일로
별들은 곧잘 곤죽이 되는데

탄소와 중립 사이에 걸려 있는
채식과 무농약과 자전거와 요가

그 많은 노래 중 성탄절에 소비되는 노래는
왜 매번 그 노래일까, 탄소에 관심을 둘 때
운하의 입장에서 보자면 타 버린 별

노래를 묻고 나오는 사람은 바뀌어도

리액션의 입장은 같은 후렴구여서

동굴 속을 걸어 나온 탬버린에선
아무 냄새도 나질 않고
여분의 알코올로 변질된 이글루는
코르크에 갇히는 대신 스파클링 와인이 된다

레드카펫이 깔린 대극장의 느낌으로
노래방 입구에서 쏟아져 나오는 에코를 들었어
웃기에도 울기에도 불충분한 번호를 받아 든
적립식 복권처럼

오래 뒤엉킨 양말과 숫자
목이 늘어난 화이트와 블랙의 면 티셔츠
팔다리가 제멋대로인 결론

계절이 바뀔 때마다
노래와 압력 사이의 물살은 가파르고
한 사람의 질서를 우아하게 흔들고 간 충돌의 흔적

딱히 나눠 담을 것이 없어도

어둠은 버릇처럼

한쪽 어깨로만 자꾸 흘러내렸어

블루 툰베르기아*에 내리는 비

언젠가부터 내 잠은 가짜라는 혐의가 짙다
베개에 머리를 두면
여러 갈래 길에서 헤매고
나눠 마실 수 없는 잔을 붙들고 그대로
얼어붙는 북극이 되기도 한다

발바닥은 내게서 가장 가까운 양지陽地
병적으로 짐을 꾸릴 때마다
그곳이 먼저 녹아내리는 이유를 알겠다
본 적 없는 빙하의 무너짐이
예고편으로 다가올 때

너는 미처 손을 쓰기도 전에 사라지고
녹는 눈사람의 자세가 여기저기서 속출한다

주저앉는 나뭇잎
블루 툰베르기아 잎사귀 튕겨 나가며
눈이 되다 만 것들이 난립하는 형식
동그란 물그릇 속에서
파과하는 어느 초여름

단번에 써지는 시가 진짜 있었다
빙하의 반대편인 곳에서
나로부터 가장 멀리 떨어진 빗소리를 찾아
장대비도 웃비도 아닌
시름겨운 어느 겨울

푸르다 못해 검게 변해 버린 잎매를
시푸른 나뭇잎으로 떠받쳐 놓고
진짜 비가 내리면
잠을 이룰 수 없는 나

지구 반대편 식물 위로 떨어지는
빗소리를 골라 들으며 깊은
잠에 들었다

* 블루글로리(Thunbergia battiscombei)라 불리는 넝쿨 꽃나무.

식전의 빵 한 덩이

따뜻한 빵 한 덩이를 거쳐 우리는 속속들이 알게 되죠
구릿빛 당신과 백자처럼 흰 당신
북극과 사막을 넘어서는 화덕의 온기를
이름이 다른 빵을 부르며 아침마다 한 덩이 빵을 먹으며
어제의 안부를 묻고 여행자의 목적지를 확인할 때면
왠지 고향으로 돌아가는 기분이죠
뿌리,
우리가 뿌리라고 말하는 것들에서 나는 흙 내음
빵에도 뿌리가 있어 털어낼 흙이 있는 것처럼
부스러기를 털면 눈이 떠지기도 전에 가라앉는 포만감
나는 걸어요, 시장 중독자처럼
토요일의 심장부엔 싱싱한 채소들이 좌판에 널리고
버터를 만난 걸쭉한 소스들이 되기 위해
온순한 구황 작물들이 바구니를 탈출해요
얌과 고구마를 구분하는 데서부터 얌은 시작되고
고구마는 달콤한 오해를 부르지요
아프리카에서 흔한 얌과
아프리카에서 흔하지 않은 식사법을 우린 골몰해요
이건 하나의 종류일 뿐이고 반죽과는 전혀 상관없어요
한번 쪼갠 싸라기로 토대를 이룬 숱한 가루의 역사
내 머릿속은 뒤죽박죽 구워진 스콘처럼

고주희

단단하게 익어 가고

부두교를 믿든 알라를 믿든 씹던 빵보다는

바닥에 흘린 부스러기에 좀 더 치중하죠

회당 쪽으로 이어진 길을 따라

쌀을 좀 더 사고 토마토를 골라요

오늘 아침엔 뭘 해 드셨나요,라는 질문엔

손을 멈추고 떠올려 보죠

서로의 구석부터 뜯어먹었던 빵을

사라봉—한밤의 산토끼

고주희

제법 선선한 바람이 분다. 점점 짧아지는 가을이 못내 아쉬운 시월, 이맘때면 나의 사라봉 산책은 더욱 활기를 띤다. 사봉낙조가 펼쳐지는 저녁, 부지런히 걷노라면 모든 존재를 향해 한없이 우아한 너그러움을 지닌 메리 올리버(Mary Oliver, 1935~)의 시편이 곳곳에서 튀어나온다. 메리 올리버가 사라봉을 걷는다면 어떤 풍경 앞에 자주 멈칫할까. 파노라마처럼 펼쳐지는 아름다운 이 저녁의 노을과 가늠할 수 없는 바다, 그리고 줄지어 선 나무들을 보는 지금의 나와 크게 다르지 않으리라. 사라봉을 산책할 때만큼은 그 좋아하는 음악도 뿌리친 채 휘파람처럼 몰려오는 바람 소리와 미미한 풀벌레 소리와 공기에 섞여 있는 바다의 포말을 듣는다. 일종의 협연, 자연은 한 가지 모습만을 고집하지 않는다.

시 쓰기-에서 시 하기-로 이어져야 하는 숙명 같은 것을 느낄 때마다 가슴께는 늘 먹먹하다. 그럴 땐 궤도를 벗어난 행성처럼 오름 분화구 주위를 계속 돌고 싶다. 난제란 항상 멀리 있는 것이어서 어리석은 나는 출구가 없는 길에 시간을 다 흘려보낸다.

지금도 명징한 장면- 중학교 일 학년 여름방학의 저녁 한때. 머리끝에서 발끝까지 온통 검은색으로 휘감은 전혜린의 모습에 매료된 채 볼모 잡혔던 시간, 매력적인 것들은 하나같이 음울하고 비가역적이었다.

그녀의 흔적을 좇아가며 노트를 채운 이름도 발음도 어려웠던 여성들은 모두 시인. '전혜린'은 내가 감지한 최초의 직관이었는지도 모른다. 문학과 음악을 갈구하던 다소 염세적이고 세기말적이기까지 했던 미아의 시간. 아득하기만 한 그녀들을 추종하다 세상이 시시해져 버렸던 때로 잠시 돌아갈 수 있을까.

무엇이 시로 이끌었는지, 그 최초의 순간이 어디에서 왔는지 나는 알지 못한다. 다만, 모든 역마에 마침표를 찍고 제주로 돌아왔을 때 선뜻 어깨를 내어 준 사라봉. 말없이 실패로 얼룩진 한 인간을 품어 준 이곳에서 비로소 나의 시는 발을 뗄 수 있었다.

상상과 창작만으로 이루어진 기억이 없듯, 경험에서 오는 깨달음. 그것들은 모두 내가 발 딛고 선 땅에서 이름 모를 들꽃으로 발견되었다. 명백한 사랑의 행위를 통해 구원을 얻으려 했던 지난날, 공허로 가득한 한 인간이 대자연 앞에서 속수무책 쏟아내는 눈물이 되는 일은 생각보다 쉬웠다. 나뭇가지와 억새를 스치는 바람, 그 속에서 가만히 어루만지는 손길을 뿌리치지 않는 법도 배웠다. 한 권의 시집을 들고 오름을 향하던 습벽은 멀리 있던 오름에서 집과 가까운 사라봉으로 고스란히 옮겨 왔을 뿐이지만, 어쩌면 나는 변화를 너무나 간절히 원하고 있었는지도 모른다. 단지 시적인 어떤 순간만을 탐하는 것이 아닌 담담히 자연을 받아

적을 수 있는 한 인간이 되는 것. 사랑하는 능력과 질문하는 능력, 그 두 가지를 삶에서 놓지 않는 것이 내 태도의 전부이길 원한다.

시는 만신창이 세계의 민낯을 가감 없이 보여 주는 동시에 어떤 것으로도 대체할 수 없는 치유의 영역이다. 시를 쓸 때만큼은 과민한 기질을 탑재한 채 자유롭고 대범하며 때로는 죽음의 불가역성에 도전하기도 한다. 보이지 않는 것들의 주파수가 과거와 현재와 미래를 관통하고 있다는 것을 믿는 지금, 사라봉 정상에서 사람들이 주는 당근과 사과를 기다리는 흰 토끼들처럼 잡힐 듯 잡히지 않는 것들이 빈틈없이 움직인다.

반복되는 운율은 어떻게 영혼을 잠재우는 대신 깨우는 일을 할 수 있을까, 물과 땅만 있다면 어디서든 자라는 풀처럼 시가 자라나 길을 덮거나 낼 수 있을까. 누군가 내 손을 잡아 주길 원했으나 한 번도 그런 절명의 순간에 나타난 손은 없었다. 그때 나를 선택해서 오던 '시'는 내게 없던 손이고 돌아갈 수 없는 순간으로 존재한다. 시는 벼락처럼 오기도 하고, 숨 쉬는 공기처럼 자연스럽지만, 대자연 속에서는 한없이 작은 사건의 연속이다. 보이지 않는 것들과 헛손질해 가며 얻은 사실은 지금 '걷고 있는' 상태의 내가 느끼고 있는 공간성에 대한 자각이다. 발화하자마자 내 안에서 최대치로 확대되거나 협소해지는 제주라는 공간이 있고 별도봉을 돌아 나온 나는 돌계단에 앉아 잠시 숨을 고르고 있다. 어둑한 굿터에 머무른 지금, 내 앞으로 맹렬히 질주하는 물체를 본다. 번뜩이는 흰빛, 아무도 없는 굿판에 난입한 그 것.

　　사라봉의 산토끼가 증명하는 사라봉에 아무런 증명도 하지 못한 채 커피를 홀짝대는 내가 있다. 토끼와 나 사이에 망망대해가 있다. 멈추지 않는 풀이 있다. 숨을 고르는 듯 한참을 내 앞에서 꿈쩍도 하지 않는 토끼가 있다. 사람을 무서워하지 않는 토끼가 있다. 토끼 앞에서 무너지는 내가 있다. 팽팽한 침묵이 달아난다. 미완성 전개인 편지의 한 토막처럼 멀어지는 토끼. 제주라는 공간에서 나의 시 쓰기─시하기는 앞으로 어떻게 전개될까. 휘파람을 불며 걸어오는 밤의 사람 쪽으로 귀가 쫑긋해진다.

김애리샤 ──────────── 시골시인-J

어차피

달은 채워질 거니까

나는

더 외로워지고 싶은 거예요

윤달

계단을 오르는 중이고 까마귀는 희끗희끗 날개를 퍼덕이기 시작한다 바람을 타고 온 파도는 푸른색이지만 당신은 하얗게 그을렸다 구름도 시들어 가기 시작한다 모가지가 잘린 수선화는 더 이상 자신을 사랑할 수 없다 거울 속에서 당신의 얼굴이 조각나기 시작한다 계단을 오를 때마다 밑바닥으로 꺼지는 당신이 있고 그곳은 미로 골짜기 거기에서 우리는 꽃다발 같은 먹구름을 서로에게 선물하며 한 개비의 수선화를 나누어 피운다 먹구름은 자주 불이 꺼지는 고장 난 필라멘트, 니코틴은 타다 만 불꽃 맛이다

당신에겐 책임져야 할 다리가 많아서 신神이 되진 못한다 부활의 기적을 믿어 보려 애쓰는 지하세계의 지네다 다리가 많다는 건 지나온 묘비가 많다는 것 신들의 감시를 피해 당신의 심장 하나 꺼내 태양의 제물로 바치는 건 당연한 이치다 태양은 이승과 저승의 왕이므로 당신을 태워 한 사발의 재로 날려 보낸다 까마귀들은 썩은 달처럼 눈물을 토한다

세상의 모든 꽃은 부정적분, 그러나 아무리 많은 꽃잎을 가져도 태양의 생태계다 불이라는 발음은 늘 물기를 머금고 있어 당신을 태운 잿더미는 자주 꺼진다 축축한 무덤 위

에서 모가지 잘린 수선화 입에 물고 바드득바드득 부리를
갈아대고 있는 까마귀가 가엾다 하현달은 서둘러 몸을 사
린다 나는 독한 년 천칭자리를 가진 년 당신의 허벅지 살을
저며내어 측량한다 지나가는 바람의 웃음이 수의를 구기
며 손가락 사이로 빠져나간다 당신은 무한대의 푸른 백색

　　나는 당신을 만질 수 없다

플라워돌핀사우르스

꺄르륵 꺄르륵
젊은 웃음소리가 대견하지

챠르르 챠르르
떨어지는 빗방울 소리는 향기롭지

한 번도 울어 보지 못한 그녀는
태곳적 바닷속으로 떠밀려 들어가지

깊이를 알 수 없어 무책임한 밤엔
가깝지 않은 사람이 정답일지도 모르지

파헤쳐지지 않은 가까움들은 내성이 튼튼해
표리부동은 바다와 파도의 일

모르는 사람은 의외로 가까운 사람
가까워서 까마득한 사람

까마득할수록 커지는 히라이스
밤바다로 흘러내리는 초승달의 꼬리를 닮았지

김애리샤

내부를 뒤집어 까 보이며 꽃을 피우는

그녀는 플라워돌핀사우르스

천적을 그리워하며 꽃을 피우는 종種이지

편집이 필요해

멍든 구멍이 생산돼요

그런 허용은 불안해요

거기에서 터지는 웃음들은 가난해요

깨끗하지 않은 밤에 걸었던 새끼손가락들은

서로를 위로하는 최적의 방법이었어요

얼음만 떠다니는 자물쇠 같은 바다

일기장 속에서나 또박또박 파도치는 메아리들

푹푹 꺼지며 잠들지 못하는 발가락들은

간지러움을 참는 일에 익숙하지 못해요

재개봉 영화관에 갇혀요

동시상영처럼 쉰내 나는 노래들이 흘러요

죽은 가사들은 의외예요, 달달한 꽃을 피워내요

손바닥으로 눈을 가려 어둠을 맞이하는 저녁

그 위를 꼴깍꼴깍 드나드는 구멍들 속

치자꽃 향기를 좀 맡아 보세요

세상에나, 얼마나 환한가요

바람직한 향기의 미래는 환해서 불안해요

납작한 물고기처럼 한 곳만 보며 무서워해요

어항 속에서만 머리카락 풀어 헤치며 화내요

물속에서 번지는 감색 물감처럼

추운 이빨을 보이는 구멍의 쓸모없음

거기에선 이미 죽은 새끼들이 태어나죠
아닌 척할수록 그래요
거의 다 계획된 일들이니까요
얼어 버린 어항 속에서 걸었던
새끼손가락을 썰어내요
치자꽃 향기를 핥아 먹으며
새하얗게 멍들어요
멍든 구멍이 생산돼요

모서리를 걸어요

느리게 걸어서
나란히 걷지 못해서
발바닥엔 언제나 물집이 돋아나요

걸음이 느린 나는
모서리를 걷는 사람

비가 내린 것처럼 미끌미끌한 거기에서
뜨거워졌다가 차가워지기를 반복하는
독감 같은 날들을 앓고 있어요

지치지 않고 터지는 물집들을
밀어내지 못하며 나는,
나를 속여요
발바닥을 정성스럽게 닦아요

당신이 아주 잠깐 뒤돌아본 오늘
이대로 잠들어도 좋을까요
가슴을 닫으니
모든 게 캄캄하게 빛나요

생각을 멈춘다는 것
내 속에서 그대를 꺼낸다는 것
천천히 잊는다는 것
그 모서리에 서서 나는 다시 걸어요

당신과 나란히 걷지 못하는 나는
일부러 천천히 걷는 사람
그대만 모르게 그대를 사랑하는
느린 사람

일기

반지하 자취방에서 전화벨 소리는 언제나 다성해요
어항 속 금붕어의 언어로 가엾게 울리며
달이 차오르는 쪽으로 푸르게 밝아지곤 해요

오빠, 나예요
입술을 길게 오므리면 반가운 휘파람은 불안해하며
아래로만 떨어져 내려요
난데 이젠 네가 지겨워
휘리리 휘리리 멍든 악보처럼
아래로만 떨어져 내려요
우리의 대화는 어긋나는 음계여서
쓰레기통에 쉽게 버려지는 휘파람 같아요

기도문을 외우는 심정으로 나는
상현달이 기웃거리는 옥상에 올라가요
철새들이 남기고 간 발자국들을 찾아내는
숨바꼭질 놀이를 해요
그러면 오빠가 불러 주던 노래들이
푸가푸가 머리카락들을 매만져 주죠
어차피 달은 채워질 거니까
나는 더 외로워지고 싶은 거예요

오빠, 오빠에게 라디오 하나 선물할게요

성능은 끝내줘요

달이 다 차오를 때쯤 라디오를 켜 줘요

상현달 꼭대기에서 다정한 노래 한 소절 같이 듣고 싶어
요

볼륨은 내가 지겨운 만큼 올려 줘요

후렴구에 나를 넣고 돌려 보아요

생각지 못했던 가사 위로 훔치고 싶은 푸념들이

지직지직 위로해 줄지도 모르잖아요

걱정 말아요 오빠

내 속에서 뒤척이는 구차함들을 다 토해 줄게요

맑고 푸른 것들이 때로는

나를 캄캄하게 연주하기도 하죠

반성문

난 무얼 잘하고 무얼 잘못했나요
울창한 나무일수록 헛헛해 보여요
잎마다 초롱초롱한 눈알들을 달고 있어도
쉽게 허전해져요 금방 들통나죠

수작 부리지 말고 이대로만 살게 해 달라고
뚝뚝 자살하는 가지들이 보여요
오장육부를 다 토해내고도
한 발자국도 걷지 못하는 불우한 농담들
누군가는 취해 가고 누군가는 실종되어 가는
농담들, 그 속에 채널을 맞추고
스위치를 숨기는 나는 누구일까요

쓸모없는 농담들이 위로가 될 때가 있잖아요
아무리 꺾어 버려도 계속 자라나는 가지들처럼
어리석은 통증만 남발하는 공허한 시간들처럼
바로 거기예요 삭정이가 녹아내릴 만한 곳
거기에 나를 연결해요
직방입니다 그러면
작은 새처럼 팔랑팔랑 굽이쳐 밀려드는 기억들이
잔뿌리를 토닥여 줄지도 몰라요

나무들은 최선을 다해 시들어 갑니다
나는 최악을 다하겠습니다

새벽 세 시

눈동자가 가려울 때마다 잘 깎은 연필심으로
동공을 긁는다
뾰족하게 잘 보고 싶은 마음들은 흐려지고
눈꺼풀은 내려지지 않아 그대로 감옥이 된다
바닥이 검다

연필심을 타고 나오는 캄캄한 외로움들이
공룡 발자국만 따라 그린다
공룡 발자국 속으로 소용돌이치며 침몰하는 순간
돌아누워도 검은 바닥에서 떨어지지 않는 등은
고집 센 욕망의 원인들이다

달팽이관이 스스로 막히는 시간
모든 길들이 흐물거리며 쪼개진다
쪼개져서 춤추는 길들이 딱하다고 생각될 때
나도 스스로 일어나지 못하는 쪽의 선택을 강요받는다
선택은 또 다른 강요 강요는 또 다른 선택 그러나
달팽이관은 정직하다

정직해서 소심한 손가락들 끝엔 비틀비틀
연필심들이 썩은 국수처럼 매달려 있다

조금이라도 움직이면 똑똑 떨어진다
아무것도 탄생시키지 못하고 시들어 버린다
맥없이 시드는 것들은 내용 없는 비유를 닮았다

텅 빈 송충이들이 내 얼굴 위에서 꿈틀거리며
천진난만한 두드러기로 안부를 묻는다
그 위로 누런 점박이 쐐기 독을 바르며 지나가고
꿈틀거리는 글자들은 플라타너스 이파리 뒤에서
능청스럽게 나를 갉아 먹는다

나는 쓸모없이 춤춘다

요한복음 15장 16절*

나는 가만히 있는데 길만 빠르게 움직여
길 위에서 자주 넘어지는 나는
기어이 나를 망칠 수도 있을 것 같아

방향을 바꿔 거꾸로 걸어 볼까
길 밖으로 뛰쳐나가 바다로 가 볼까
바다에서라면 첨벙첨벙
내 속을 잘 걸을 수 있을지도 모르잖아
바다가 끝나는 곳까지 천천히 걸어가 보고 싶어

어떻게든 나를 망치려는 마음을 다 써서
바다의 곡선을 움켜쥐고
하늘까지 닿을 듯한 파도의 박자를 맞춰 보고 싶어
차근차근 빠져드는 발바닥을 건져 올리는 자세로
감쪽같이 가라앉을 거야

바닷속 어느 절벽 위에 걸려 있는
독이 가득 오른 해파리 같은 깃발을 뽑아 들고
내 몸에 친친 감을 거야
나를 망치기에 알맞은 독들을 칭찬할 거야

독을 품은 나는
나를 망치기에 적절한 사람

내 발은 제자리이고
딛고 있는 길들만 빠르게 움직일 때
난 나를 망치며 아멘 할 거야

*너희가 나를 택한 것이 아니요 내가 너희를 택하여 세웠나니 이
는 너희로 가서 과실을 맺게 하고 또 너희 과실을 항상 있게 하여 내 이
름으로 아버지께 무엇을 구하든지 다 받게 하려 함이니라.

샤를보네 증후군

색동저고리를 곱게 차려입은 할머니 할아버지가 두 손을 꼭 잡고 계단을 올라갑니다 그들이 말을 하는 법은 없습니다 걷기만 합니다 계단을 오르다 보면 분홍빛 꽃이 흐드러지게 매달려 있는 오래된 살구나무 한 그루가 보입니다 두 사람은 중력의 영향은 받지 않은 채 나무를 오릅니다 나무를 잡지 않고도 나무에 오릅니다 살구나무에 다 오르고 나면 무지개색 칠차선 도로가 나옵니다 그 도로엔 색깔이 없는 자동차들만 다닐 수 있습니다 어느새 두 사람의 색동저고리는 색을 잃어버린 무채색으로 변해 있습니다

맞은편에서 갑자기 한 무리의 개 떼가 나타납니다 시커먼 개들은 한쪽 눈만 커져 있거나 송곳니 하나만 커져 있거나 앞다리만 짧아져 있습니다 그 위로 파랑새들이 뒤따라 날아오는데 새들의 부리가 코끼리 코처럼 늘어져 있습니다 새들이 그 부리로 개들을 쪼아댑니다 개들은 이내 고양이로 변합니다 고양이들은 눈이 없습니다 눈이 없지만 고양이들은 앞을 잘 봅니다 새들의 안내가 없어도 고양이들은 펄쩍펄쩍 뛰어오를 수 있습니다 무채색 할머니 할아버지에게 깔려 죽는 일 따위는 일어나지 않습니다 화가 난 도로와 차들이 초록이거나 보라색의 보자기로 바뀝니다

김애리샤

보자기들은 도로 위 모든 것들을 묶어 버리려 하나 어디선가 천진난만한 아기들이 기어 나옵니다 보자기를 물어뜯습니다 아기들 엄마의 젖꼭지는 늘 벌겋게 멍들어 있습니다 결국 아기들은 잘생긴 청년들로 성장했고 하늘에 떠있는 세모난 타이어들을 하나씩 잡아타고 어디론가 떠나갑니다 할머니 할아버지의 손가락마다 방울들이 열렸습니다 방울들은 스스로 떨리며 징 소리를 냅니다 청년들은 자진모리장단에 맞춰 징징징 고개를 흔들어대며 참새들과 개구리들과 아카시아꽃들과 뽕나무와 고염나무와 그 아래 돼지우리가 보이는 곳으로 떠나갑니다 식욕이 왕성한 엄마는 새끼 밴 암돼지를 잡아 질겅질겅 씹어 먹습니다 다시 색동저고리로 갈아입은 할머니 할아버지가 예민한 손톱들로 엄마의 가슴을 도려냅니다 그 속엔 빈집이 한 채 들어앉아 있습니다

집 앞마당엔 하얗게 눈이 쌓여 있습니다 한쪽 귀가 잘렸거나 뒷다리가 잘린 돼지들이 하얀 눈 위에 시뻘건 피를 물들이며 뒹굴기 시작했지만 눈 대신 피가 녹아 없어집니다 아직까지 무성영화였던 화면이 갑자기 유성영화로 변합니다 볼륨은 저절로 커집니다 빈집의 뇌 속 주름 사이사이마다 돼지들의 웃음소리로 가득 차 곧 터져 버릴 것처럼 어

지럽습니다 할머니 할아버지는 다시 색동저고리를 곱게
차려입고 두 손을 꼭 맞잡고 하늘색 하이힐을 신고 계단을
올라갑니다 춥진 않지만 따뜻하지도 않습니다 추워서 춥
고 따뜻해서 따뜻합니다 몸에 뚫린 구멍마다 무지개처럼
반짝이는 고드름들이 식칼로 자라납니다

그네를 타다가 떨어졌는데 그 바닥이 바다였어요

이슬이 아직 맺혀 있는 시간
돌담 틈마다 밤새 고였던 바람들
조금씩 새어 나와요

바람이 새어 나온다는 건
누군가 숨을 쉬고 있다는 것
하늘에서 내려오는 바람은 어떤 숨일까요

바람이 구름을 몰며 우수수
알아들을 수 없는 말들을 토해내고
그럴 때 급하게 펴는 우산은
너무 어려서 속이 다 보이고요

해석할 수 없는 말들에 푹 젖어
그네 타는 상상을 해요
답을 알고 있는 하늘이 될지도 모르니까요

바람의 온도에 따라 달라지는
구름의 모양들 농담濃淡들
정해지지 않아 정직한 질문 같아요

구멍이 촘촘한 돌담 속에 숨어도
그네를 타고 아무리 높이 올라도
답답한 저녁은 어김없이 들이닥쳐요

아직 답을 알아내지 못한 채
캄캄한 저녁을 마주해야 한다는 건
구름에 닿기 직전 그네에서 떨어지는 것 같아요

아무리 높이 오르더라도
내려와야 하는 순간이 찾아오고요
그걸 모르는 것도 아닌데 또 오르고 싶어
헛발질을 하게 되죠

어떤 궁금증들은 기적 같아서
평생 답을 감추고 있어요
답은 찾으려 할수록 떨어져 내리는 그네 같고요

그네를 타다가 떨어졌는데
그 바닥이 바다였어요

요단강 언저리 키친

어정쩡한 발바닥에
낡아 버린 기도들을 듬뿍 뿌려 넣고
달달달 볶아요
거기에 감초는 역시 종려나무 이파리죠
종려나무 이파리를 툭툭 썰어 넣고
잔말 말고 다시 볶아요
아흠아흠 주책없이 하품이 나오려 할 때
우물쭈물은 필요 없어요 그냥
요한복음 3장 16절이나 가지고 와요 빨리, 그리고
원하는 걸 넣어요 방언과 함께
상관없어요 스릉스릉한 곁눈질은
숨 쉬는 사람들이나 하는 거니까
냉동실에 꽁꽁 얼려 놓았던
소망 덩어리들을 큰 소리로 해동시켜요
한번 풀어지면 다시 되돌릴 수 없으니
한 가지씩만 해동시키길 권장해요
그래야 제대로 된 하늘색 램프가 켜지거든요
그래야 당신 눈동자가 구원처럼 춤출 수 있거든요
그래야 당신 영혼도 발을 뗄 수 있거든요
우리는 소망과 맞바꿀 의무를 다할 준비가
되어 있잖아요, 한 발짝

그걸 잘 다져 넣으면 되요
소망의 맛이 훨씬 풍만해질 거예요
뭐니뭐니 해도 가슴속 깊이 박혀 있는
화력 조절이 가장 중요하다는 걸 잊지 마세요

요단강 언저리에서 소망을 요리해 봐요
그러나 참고하세요
소망은 간절할수록 사소한 맛이란 걸요
신중할수록 어수선한 당신을 듬뿍 넣어야 하는 전제예요
그러니 우리 식상한 회개 따윈
양념으로 쓰지 말기로 해요
요단강 저쪽으로 째깍째깍 걸어가고 있는 당신이
최고의 레시피이니까요

네버 엔딩 스토리

1.

각시가 총살당했지
시체를 찾아서 보니 그 배 속에
애기 시체가 또 있는 거라
……

2.

17개월 때 어멍이 나를 안앙 여길(터진목)지나고 있었어
그때 마침 사름덜을 여기 모다낭 총으로 막 쏘는 거라
어멍은 총에 맞앙 죽어 불고 나도 그때 팔에 총알 세 방이
나 실태견
아직도 상처가 남아 있지
물애기가 시체들 위를 기엉 댕기고 있으니까
어떤 분이 나를 안아당 키운 거라
나중에 고모가 나를 수소문허연 촞아서
고모가 키워 주셨어

3.

가뭄은 무사 경 심헌지…
경해도 살았다고 익는 알곡이 있었지
그런데 총 맞아지카부댄 곡식을 거둘 수가 어신 거라

경허니, 먹을 게 있나 다 굶언 살았지

그래도 생이덜은 잘 살안, 그나마 익은 그 알곡덜은

생이덜이 다 쪼아 먹는 거라

그래서 몰래몰래 생이덜 잡아당 식구들이 먹은 거라

생이덜 잡으러 갔던 곳이 학살 터

해골 보니 그때 생각남서…

4.

나추룩 무식헌 똘이 어디수까

옛날에 여경 시험에 붙어서 훈련까지 다 받아신디 발
령이 안 나는 거라예

강 알아보난, 4·3에 아방이 빨갱이로 죽은 거 때문이
랜 헙디다

어찌나 억울허든지 집에 가서 어머니 붙들고 막 울었
수다

아방 어멍이 나헌티 해 준 게 뭐 있수까 허멍 막 울었
수다

그때 생각만 허민 지금도 눈물이 막 남수다

하이고 나추룩 무식헌 똘이 또 어디 있시쿠과?

5.
내 몸이 내 몸뗑이가 아니라
그때 그 사름덜이 칼로 막 찔러 부난
여기 봐 봐, 칼로 열두 군데를 찔러 부러서
죽당 살아났주
그래도 아방이 나 안 죽이젠 나를 안아서
난 살아난 거주
아방은 그때 죽어 부렀지
샛아방족은 아방 다 죽고 식구덜도 다 죽고
나만 살아난 거
아직까지 살아 있는 게 젤 미안한 거주

6.
......

7.
마지막 페이지가 없는

나의 사주는 섬

김애리샤

— 섬에서 섬으로

섬에서 섬으로 흘러들었어요. 그러니 어쩌겠어요. 난 운명적으로 섬의 외로움을 타고난걸요. 섬이란 게 그렇잖아요. 가도 가도 안이고 또 가도 가도 바깥이잖아요. 안에선 만질 수 없고, 들을 수 없고, 할 수 없는 말들이 쓸쓸한 가시처럼 언제나 생겨나고요. 바깥에선 섬 내부의 온도를 부추기는 공기들이 들고 나기를 반복하죠. 그 경계에서 섬의 외로움이 철썩철썩 생겨나는 것 같아요. 매일매일 섬의 끝을 향해 걸어도 도착하는 곳은 결국 안이잖아요. 처음과 끝이 같은 곳, 섬. 나는 그 내부에서 미치도록 외롭고 도망치고 싶을 만큼 슬퍼도 행복합니다. 북쪽에 있는 나의 태초 교동도에서 지금 여기 남쪽 나의 두 번째 태초인 제주까지 저를 키워 준 건 섬이거든요. 그래서 그래요. 섬이 저를 만들었고, 섬이 저를 먹였고, 섬이 저를 이만큼 키웠어요. 섬은 또 다른 나일지도 모릅니다. 나는 하나의 섬이고 섬은 또 다른 나입니다.

— 그런 것들이

1994년 시월 제주의 첫 하늘을 보았어요. 안개가 자욱했고 그만큼 신비로웠죠. 나를 아는 사람이, 내가 아는 사람이 아무도 없다는 게 얼마나 매력적이던지요. 포구마다 서 있는 등대들을 보세요. 무얼 위해 늘 그 자리에 서서 깜빡거리고 있을까요? 삼백예순여 개가 넘는 오름들을 보세요. 무얼 기대하며 그 자리를 지키고 있을까요? 꼭대기의 아름다움을 유지하고 있는 곶자왈을 보세요. 무엇 때문에 아슬아슬한 간격들을 유지하고 있을까요? 맞아요, 전 그런 것들이 궁금한 거예요. 거대한 이론들도 아니고 큰 성과를 이루고 싶은 것도 아니고 그저 그렇게 늘 내 옆을 지키고 있는 것들이 궁금한 거예요. 그런 것들이 나에겐 작지만 큰 의미들이 되니까요. 등대는 바다의 길잡이가 되고 오름들은 섬의 어머니가 되고 곶자왈은 섬의 질서를 유지시켜 주죠. 그런 것들이 모여 제주라는 섬을 살아 있게 만드는 거고요. 그리고 그 안에서 매일 매일 시를 생각하며 걷고 있는 내가 존재하는 거고요. 작아서 아름다운 것들이 더 크게 빛나기도 하죠. 그런 것들이 나에게로 와서 시가 됩니다.

— 나의 첫, 교동

얼마 전 고향엘 다녀왔어요. 교동도.

안방이 있는 안채는 함석지붕이었고 사랑방이 있던 사랑채는 초가지붕이었죠. 비가 내릴 땐 신기한 현상이 나타났어요. 안방에서 빗소릴 들으면 타닥 타다닥 함석 두드리는 소리가 차갑게 들리고 사랑방에서 빗소릴 들으면 사실 아무 소리도 안 들렸어요. 그러나 아주 부드럽고 아늑하고 따뜻한 품속으로 들어가는 느낌이 들었죠. 난 그런 느낌이 좋아서 온종일 노래들을 들으며 뒹굴뒹굴했었죠. 중학생이 되니 영어 공부하라고 아빠가 사 주신 카세트와 영어 테

이프가 있었는데 영어 공부 대신 노래들을 녹음해 듣는 게 저의 은밀한 취미였어요. 들키면 아빠에게 혼나는 비밀스러운 취미. 은지, 꽃과 어린 왕자, 편지, 이루어질 수 없는 사랑… 이건 하늘나라에 계신 아빠도 모르는 일인데, 생각하니 풉 하고 웃음이 지절로 나오네요. 엄마는 꽃을 좋아했어요. 채송화, 패랭이꽃, 과꽃, 분꽃, 국화꽃이 앞뜰 화단에서 계절따라 피고 지고 했었죠. 뒤뜰엔 이상한 꽃이 있었는데 아주아주 연한 분홍색이었고 초록색 긴 대와 꽃만 덩그러니 있던 거였어요. 꽃잎들이 잠자리 날개보다도 얇다고 생각했었죠. 엄마가 말하길 이별초라고 했어요. 잎들이 다 지고 나면 꽃이 핀대요. 매일매일 이별하는 꽃. 그래서 만날 수 없는 잎과 꽃은 늘 서로를 그리워한다고 했어요. 상사화라고도 한다고. 세상에 서로를 그리워하는 것이 상사화뿐일까요. 나에게 이별의 말 한마디 하지 못한 채 느닷없이 하늘나라로 떠나신 엄마, 아빠. 내겐 상사화 같은 분들이고요. 함께했던 시간들을 뜯어 먹으며 시를 생각하고 있죠. 그래서일까요. 언제나 시를 그리워하는 나도 상사화를 닮았나 봅니다.

— 그리움의 힘

섬의 시작은 바다이고 섬의 끝도 바다예요. 그러니까 바다는 섬과 육지가 연결될 수 있는 통로이자 연결될 수 없는 단절이 되기도 하죠. 이 자연스러운 아이러니를 보세요. 바다는 누군가를 불러들여 애정할 수도 있고 누군가를 아무렇지도 않게 떠나보낼 수 있는 그런 곳이죠. 바로 그 지점에서 시들이 피어나는 건 아닐까요. 어찌어찌 정의할 수 없는 순간들. 바로 거기에서요. 나의 기억들이 깊은 바다라면 그 기억에서 떠오르는 것들은 낯설지만 반가운 시일 거예요. 심해어처럼 머리 위에 전구 하나 밝혀 두고 천천히 유영해요. 꼬리지느러미를 따라 움직이는 물길들은 그대로 시가 될지도 모르죠. 난 생겨나면서 달아나는 그 시들을 숙명처럼 잡고 싶어 그리워할 뿐이고요. 아직 오지 않은 시들을 그리워하는 것 외에 무얼 더 할 수 있겠어요. 그리움엔 힘이 있습니다.

— 그래서, 그러므로, 그러니까

난 섬에서 섬으로 흘러들었어요. 나의 사주는 섬입니다.

김효선 ————————————— 시골시인-J

새는 라디오처럼 고백할 줄 모르고
라디오는 새처럼 울지 못하고

아, 유월만 살고 말 사람처럼 짖고 싶어라

문어

흰 옷에 적당히 튀는 걸 즐기는 달빛이다

아무튼 질문만 던지는 여덟 개의 다리가
지리멸렬한 문장 하나 쑥 빼 가더니
문어의 심장은 세 개

머리카락 한 올 얼굴에 달라붙어
온몸의 지축이 흔들리며 심장이 요동칠 때

물을 움켜쥔
두 번째 심장이 절망과 뒤엉켜
거대한 축문祝文의 몸뚱어리가 탄생한다

생리처럼 번지는 수평선을 바라보면
여기는 오다가 끊겨 버린 미래 같아서

때로 신념은
너무 꽉 쥔 나머지 물컹한 어둠에 넘어지고
잘라낼수록 더 단단하게 자라는 슬픔
물은 어디까지 죽음을 끌고 갈 수 있을까

흑점을 품고 파도에 슥슥 마지막 심장을 갈면
검은 이마에 오소록한* 별빛 돋아나

은밀한 촉수 하나 몰래 꺼내 물 밖에 걸어 둘 때
우리는 그걸 달빛이라 부르기도 하지만

꿈에서 바라본 바깥은
구겨지거나 쪼그라들거나
바다로 걸어갈수록 바다가 무너지고
파도는 여덟 개의 질문을 덮친다

허우적거리다 미처 빠져나오지 못한
불가촉 밤을 갖게 되면

세 개의 심장이 와르르 쏟아져
잘려 나간 서사는 모두 달로 환원된다

너무 질겨서 씹지 못하고 뱉은 날씨였다

*조용하다, 은밀하다, 포근하다는 의미의 제주어.

라디오가 새의 목소리를 가진다면

울음은 크고 빛나는 얼굴을 노리는 새의 성좌

초록을 닮아 가려고 애쓰는 전투적인 여름

햇빛을 따라가려는 집착이 나를 낳았으니
엉덩이에 꼬리가 달리는 순간 목소리가 태어났겠지

검은 밤이 검은 창을 하얗게 열어젖힌다
버려둔 자세에서 아름다움을 얻는 담쟁이넝쿨처럼
핑크빛 페이퍼가 찢긴 채로 골목 구석을 떠돌고

인간을 앞질러 세상의 모든 음역으로 진화하는 까마귀 떼

진짜 같은 여자를 아주 싼 가격에 사들인 한 남자와
돌멩이를 쓰다듬으며 밤마다 속삭이는 한 남자

새는 라디오처럼 고백할 줄 모르고
라디오는 새처럼 울지 못하고

아, 유월만 살고 말 사람처럼 짖고 싶어라

　　　　　김효선

썩, 그렇고 그런 눈물 수집가

눈물을 얼려서 보관한다는 눈물 수집가 얘깁니다. 그는 눈물 사업을 위해 일 년 전부터 투자 유치에 나섰습니다. 그 옆옆 동네 앞앞 동네 주민들은 손가락질하며 비웃었다죠. 그는 의학적으로 증명된 결과라며 유명한 프랑스 연구센터와 미국의 의과대학 연구를 들이밀었어요. 사람들은 그동네 가 본 적 없다며 사기꾼 취급을 했죠. 그러거나 말거나 그는 양복을 차려입고 눈물 강연을 하러 다녔습니다. 눈물을 많이 흘리는 사람이 더 오래 산다는 주제로 말이죠. 이미 눈물 아르바이트생도 모집하고 있었습니다. 맨 처음 간 곳은 산부인과, 태어나는 신생아들은 울음만 요란할 뿐 눈물은 흐르지 않았어요. 첫 번째 실패담입니다. 그래도 뭐 아무렴요, 가난한 사람들이 악어 떼처럼 몰려들었죠. 그들이 유리하긴 했지만 이미 눈물이 가뭄이라 겨우겨우 몇 방울씩 짜낸 게 전부입니다. 실연당한 사람들도 며칠 버티지 못했어요. 이미 헤어진 놈인데 울어야 할 이유를 모르겠다며 가버렸지요. 단체로 억울하다고 달려온 사람들은 눈물은커녕 소리만 고래고래 질렀어요. 그래도 아직 실패하긴 일러요. 우리나라에 연예인들이 얼마나 많은데요. 하지만 그들이 흘린 눈물은 진짜가 아니라서 얼지 않았어요. 마지막으로 장례식장에 희망을 걸었어요. 들어가는 순간 곡소리에 웃음이 삐져나왔습니다. 곧 대박이 날 것처럼요. 웬걸요, 상주의 입가에 감춰진 엷은 미소를 보고 말았거든요. 그는 그 자리에서 펑펑 울고 말았어요. 그런데 말이죠, 그조차 눈물이 흐르지 않는 겁니다. 사업을 시작하면서 이미 다 쏟아 버렸거든요. 시작만 하면 석유처럼 퐁퐁퐁 솟아날 줄 알았다는데. 1리터 채우는 데 꼬박 일 년이 걸렸다지 뭐예요. 그래도 아직 포기하기는 일러요. 그는 지금도 이렇게 말하고 다닌답니다. 걱정 말아요, 물도 사서 마시는데 눈물이라고 안 살까요. 정말 어마어마한 사업이라니까요. 지금 놓치면 삼 대가 후회할걸요. 어때요, 같이 해 보지 않을래요?

분명 어딘가에 숨어서 눈물을 짜내려고 엄청난 비극을 준비하고 있을지도 모를 당신을 위해.

언니! 잘가

차콜과

그레이는 미세한 차이로 경쟁한다 별에도 마음이 살고
미움이 자라듯

손을 흔든다 나보다 열 살 위로 보이는

절망은 내일보다 오늘 왜소한 표정

모과는 매일 닦아 줘야 썩지 않는대

언니, 무슨 인사가 그래

어둡기 전 양말 뭉치를 던져 희망을 시험하듯

나도 나보다 어린 미래에게 인사한다

먼지가 모여 빛을 내려면

손톱은 수시로 잘라 줘야 해

언니! 갈게요

터널 하나를 통째로 삼킨 시간처럼 다음에 전화 드릴게
요

언니의 빛나는 순간이 다 먼지의 계획인 걸

미래는 알면서도 모른 척

차가울수록 별이 빛나 보인다고

누군가 다녀간 아침

까맣게 익은 버찌로 뭘 담글까요
언니의 머리카락이 날린다

외로워서 그랬어 보이지 않는 발목이 찾아와서

해변은 언니의 팔목에 감긴 회색빛 손수건
파도는 집요한 관계 같아 살짝 겁이 나고
꿈에 실려 온 해몽들은 산산이 부서져

지운 걸 다시 토해내라 할까 언니는 모래를 털지 않았다

자, 자, 바다는
버찌의 시선으로 이동합니다

김효선

의무만 있는 자세

나무 의자는 오랫동안
꺼낼 팔이 없다고 투덜댔다 모든

귀는 귀를 깨물 수 없는 것처럼
시작된 숲에서 끝나는 숲은 다르게 읽힌다
새가 똥을 주워 먹고
개가 한쪽 다리를 치켜세울 때
후회는 비어 있는 쪽으로 날아가는 개똥지빠귀

수만 가지의 빛을 양산하는 깃털의 믿음이라곤
희망을 쓰면 그 운을 달고 멀리 날아가 버린다는 것

빛이 없는 욕실에서 샤워하기를 즐긴다면
거절에 익숙하지 못한 나를 길들이는 방식
그늘의 가장 나중 일을 생각하며
혀를 내밀었을 때 혀가 돌아오는 공식은 너무 흔해서
두 팔은 손의 의지와 상관없이 어깨를 벗어난다

의자는 나무를 사칭했지만
미각을 잃어버린 차가운 시멘트 바닥에서 자주 나둥그
라진다

창피함을 숨기기 위한 침묵은
가장 흔하게 등 돌리는 순간이지만
오후를 구부려 걸어가는 달팽이와
보이지 않고 들리기만 하는 귓속의 바퀴들이
구르고 굴러 거미줄에 맺힐 때
허공을 나무 의자에 눕혀 잠시 생각에 빠진다
자신을 복제한 수많은 잎이

욕망을 안고 서서히 떨어지는 순간
의자는
다시 바닥으로 힘껏 발을 뻗어 본다

백합은 그렇게 분다

멀리 떨어져 앉은
구름 아래 고아의 기분처럼
꼭 다문 입술이 한데 모여 있지만 우호적인지는 알 수
없다

누군가 하품을 한다면 쉽게 내 편인 걸 알아채겠지만

분명한 건
펼쳐진 것들은 언제나
비를 담아내지 못한다는 것

태어날 때부터 접힌 입을 펴려고
가슴으로 비를 맞았지만 돌아오는 건
손가락을 꺾어 버린 피구공

살 부러진 우산을 쓰고 나가면
충분한 색을 가진 고아가 탄생한다

처음부터 입을 다물 생각은 없었지만
왜 나만 그 추운 곳으로 데려가는지 알 수 없었다

그 많은 봉오리 중 태어나는 순서가
고아가 아닌 고아의 기분을 결정할 때
가까운 거리를 가장 멀리 돌아 갈 수 있는 핑계가 생긴다

맥박이 희미해지도록
왜 나만 그 추운 곳에 데려다 놓는지 알 수 없었다

아침이
죽어 가던 무릎뼈를 일으켜 세워
깨어나기 전 눈의 기슭으로 나팔을 불기 시작한다
크고 흰 치아를 가진 구름을 삽목하면

그 추운 곳에서도 따뜻한 기별이 온다

계란 껍질 담긴 굽잔*

품을 수 있는 알은 모두 새장에 있다고
당신이 말했지요
소음 꺼진 거리에서 각질을 불리고 있는 저녁의 뒤꿈치
나무는 잎을 품지 않으려 피를 말리는 중입니다

표정을 동동 굴려 가며
부리를 한껏 세워 보는 뽀얀 알들이
창문에 자기 얼굴만 한 하트 무늬를 새기네요
나무 꼭대기에서 깃을 하나씩 떨어뜨리는 새장
어둠은 구석까지 이마를 달고 있나 봐

둥글게 굴러간 표정이 달의 주름을 주렁주렁 매달고 왔
지요

커튼콜

긴 여정을 마치고 돌아온 졸음이
개다리소반 위에 네온사인처럼 엎힙니다
뽀얀 달걀 몇 개는 삶고 몇 개는 국에 휘휘 풀어 계란국
을 만들고
아침에 먹은 저녁과 저녁에 먹은 아침은 같은 기분일

까요

거꾸로 박수 치며 걸어갈 때 날아가는 새의 표정을 읽을
수 있다고
당신이 말했지요
품을 수 있는 알은 모두 새장 안에 있다고요

매일매일 잠든 눈꺼풀을 벗깁니다
달콤한 천국의 말들을 잘게 부숴 나무 아래 뿌려 줍니다
나무는 온몸에 피가 돌아 잎을 매달겠지만
불면을 떨구려 단지斷指하는 자세

내가 버린 표정이 으깨어진 채 잠들어 있는 유리처럼요

*가야 유물(경남 함안).

화이트 데이

길은 백지 상태
뽀드득거리는 하얀 개를 따라 걷는다

밀가루가 반죽을 선택하지 않았을 때
텅 비어 있다는 말은
두려움으로 튕겨 나온 하얀 눈

꽃다발을 들고 찾아온 비극은
당당하게 눈을 흘기며
어떻게 손이 손가락을 감추는지
어떻게 발이 발가락을 모으는지

나뭇가지에 얹힌 어린 눈으로 기도를 배회하며
심지를 밝힌다

머리에서 흘린 나쁜 생각이 물수제비처럼 통통 튕겨 나
가
샛길로 샐 수 있는 긍정의 가짓수는 얼마나 될까

빛바랜 사랑의 무게중심은 모서리
이마에 불이 붙을 때까지 절망을 쥐고 있다

길은 아직도 백지 상태
혼자 걸을 때 나를 가장 많이 흘린다
풀리지 않는 밀가루 덩어리들
귓불이 부풀어 오르는 원심력으로

결승점 없이 달리는 개처럼
회개하고 반성할 때만 등장하는 신처럼

이 눈부신 백색은
낯선 얼굴도 재현된 사랑으로 걸어 둔다

은행나무 도마

나무의 결을 쓰다듬으면
무덤은 희미하게 맥박이 뛸 것 같아

내 귀에 속삭이는 목소리를 주워
천 년 동안 나무로 살았다는 시를 쓰고 싶어
노란빛으로 스며드는 오래된 섬광
이번이 진짜 마지막이야
낡은 송전탑 부근에서 들려오는 을씨년스런 주파수

시작은 이렇게 간절하지만 돌아올 땐 늘 피 묻은 종아리
인 걸 여기서 나는

버려진 장작에 모닥불을 붙이곤 하지
알코올을 달콤하게 빨아들인 뱅쇼는
주어 없이는 돌아갈 수 없는 목적어처럼
깊어질수록 건너온 뒤를 잊어버려
돌아서 나갈 수 없는 전생처럼

사랑하면
불안은 어느 쪽으로 가든 만나는 나이테 같아

이윽고 도착한 은행나무 아래의 고백
어둠은 몰래 온 자객을 업고
가장 오래된 유적 앞에서 참회의 무릎을 꿇지만

목소리를 잃어버린 입은 몹시 단순해서
제 얼굴조차 알아보지 못하는 용서를 쑥 뽑아 들지
지독한 냄새가 주렁주렁 매달릴 때까지

자신의 체취를 잊으려고 내려치는 심장
무덤을 쓰다듬듯 결을 쓰다듬는 조용한
어떤 손들은

고독한 찌개

운다 스물다섯 살 먹은 낙타가 운다. 늦은 밤 술 한 잔 걸치고 들어와 마루에 털썩 눕더니 코피를 흘리며 엉엉 운다. 붉은 어둠이

바닥을 금세 물들인다. 낙타는 왜 하필 바늘구멍에 들어간 걸까. 실수였다고, 실수였다면, 실수였을까. 한동안 낙타의 비명이 집을 흔들었고 별들은 삼킨 모래를 토해냈다.

참회와 슬픔은 어디서 자꾸 하얀 실밥을 묻혀 올까.

공자가 지나갔다는 도道로 위로 선택된 낙타는 오아시스를 조금씩 흘리며 걸었다. 눈을 버려야 귀를 얻는다는 소문으로 바오밥나무가 큰다. 도를 넘지 말라고 경고하는 선인장의 키. 태양과 한통속이어야 가질 수 있는 가시로 별들은 기침하며 잠들지 못한다. 어둠의 온도계를 벗어난 빛만이 욕망의 긴 터널로 안내한다. 가시를 숨긴 꽃밭일수록 사람들이 길게 줄을 선다. 모래가 파 놓은 구멍으로 낙타는 걸어간다. 발바닥이 닿는 곳마다 소귀에 경전을 동봉하면서. 희망이 절망으로 방향을 틀 때, 가시가 사막을 키운 건 욕망을 견뎌낸 실수였을까. 아득한 실밥들이 별처럼 눈을 뜨고 펄펄,

찌개가 끓고 있다. 칼칼한 냄새가 온갖 채소에 자기 목소리를 쏟아부으면서. 끓고 있는 모든 소리가 사막에 내리꽂는 철창이다. 다시 바늘을 들고 낙타의 심장을 찌르러 간다.

얘야, 찌개가 식고 있잖니. 찌개는 점점 졸아들고,

아무도 손대지 않는 찌개가 사막의 아지랑이처럼 희미하게 피어오른다.

저수지는 비어 있다

꽃이 필 때
너는 왜 그렇게 어두울까

물비린내를 지키느라 목이 길어진 비비추
풀잎은 더 멀리 볼 목록을 적다가
여기 와 어떻게 헤어질까 궁리한다

멀리 이민 간 친척 하나쯤 있지 않냐고
검은 입을 모아 추궁하는 꿈에서 깨어나니
몸속에 빈 봉분 하나 들어서 있다
햇빛이 들지 않아
쓰다듬지 못하는 난파의 손가락들

오후 다섯 시가 되면
바닥은 사파이어 빛을 띤다
드러난 걸 감추는 기적
장식으로 남겨 둔 껍데기들만
살아 있다는 투정을 부릴 뿐

빛이 흐려 몸속의 피까지 흐려지는 현상을 소멸하는 기
도라 부를까 피가 물로 환생하는 동안 땅은 갈라진 입술을

감추고

비어 있는
그늘로 뛰어내리기 쉬워진다
문을 닫아 놓으면
아무도 노크할 줄 모르는 저녁
저수지에 남아 있는 물비린내를 지우고

어둠이 함초롬히 피어 있다

영실靈室

꼭 하나가 모자라
그녀는 매일 모자를 산다

내가 빚은 골짜기와 숲을 저만치 밀어 두고
돌담 구멍으로 하늘의 발걸음이 드나들어
둥근 세숫물을 받아 얼굴을 씻고

마음이 하나여서 하나가 아닌
먼나무가 자라고 노루가 뛰어논다
모자란 하나를 가지려고 열 개를 다 버렸으니
초록의 영감靈感은 치마폭에 감춰 두고
섬에 사무친 슬픔을 거둬 바다를 낳았다

해가 마를 동안 설핏 잠이 들었다지 푸른 사슴 흰 사슴
검은 사슴들이 마구 뛰어다니는 바람에 파도까지 엉덩이
를 들썩거렸대 둥근 포말을 보석처럼 돌기둥에 턱 걸어 놓
고 잠결에 몸을 뒤척였더니 산꼭대기에 엉덩이만 한 웅덩
이가 생겼다지 발가락까지 꼼지락거리는 바람에 섬에 걸
쳐 놓은 심장에 커다란 구멍이 생겼다는데

돌기둥으로 천 년을 눌러 놓은 날개라서

슬픔은 가까이 있어도 접히지 않는 실루엣
그녀가 오름과 오름 사이 안개로 갈아입으면
진달래가 피고 철쭉이 피어   ,
오백의 정령은 서서히 붉은 이마를 드러내는데

치맛자락 사이로 새어 나간 흙과 눈물을 뭉쳐
푸르고 푸른 아침을 쏟아내면

누구도 죽은 적 없는 방
모자 안에서 살과 피와 뼈가
서서히 기지개를 켠다

서쪽은 서쪽의 심장을 매달고

김효선

지붕 끝에 고여 있는 햇살이 다 사라질 때까지 떠나지 못하는 고양이처럼 나는 종종 웅크린 자세에 빠져 있곤 한다. 왜 쓰는가, 무엇이 쓰게 하는가, 안 쓸 수는 없는가, 그런 쓸데없는 질문을 발밑에 툭 던져 놓고는 나무 막대기로 휘휘 젓는 시늉을 한다. 시를 발표하면서 이런 증상은 주기적으로 반복됐고 염증처럼 몸속을 떠돌아다녔다.

쓰기 이전의 나는 숲을 알지 못했다. 바람을 느끼지 못했다. 아무 소리도 내지 못하는 고장 난 피리나 피아노 같았다. 거리는 죽어 있고 나뭇잎들은 반짝일 줄 몰랐다. 벽은 안을 볼 수 없었고 키 작은 담장 아래엔 시든 장미만 샐쭉거렸다. 꽃이 피는 동안 소멸을 노래했다. 나는 누구인가. 하나인가 둘인가. 하나의 몸에서 둘이 나왔지만 나는 하나가 되지 못하고 반쪽이 되었다. 비극은 가까이서 보인다고 하지만 멀리서도 창문마다 마른 잎들이 위태롭게 매달려 있었다. 그래서일까, 페르난도 페소아의 '미신을 믿는 법을 아는 것은, 만일 완벽의 경지까지 이른다면 우월한 인간임을 드러내는 예술이다'라는 말을 오랫동안 혀 속에서 궁굴렸다. 강력하게 나를 붙잡아 줄 곳이 필요했다. 그건 사람의 온기가 아니었다. 어쩌면 그때 벌써 사람은 기댈 곳이 아니라는 걸 알아 버렸는지도 모르겠다. 나만의 미신을 오랫동안 찾아 헤맸다. 쓰기 이전의 나는 늘 신병神病을 앓는 것처럼 아팠다.

분명 같은 섬 안에 있지만 우린 다른 하늘을 본다. 여긴 햇빛이 쨍쨍해서 눈이 부신데 거긴 아주 거친 비바람이 분다. 섬은 자주 다른 얼굴로 우리를 속인다. 내가 본 오늘과 네가 본 오늘은 분명 다른 날씨다. 그래서일까. 섬 안에서의 태생도 동서남북으로 갈린다. 동쪽과 서쪽은 날씨만큼이나 사람들 성향이나 말투까지도 다르다. 서쪽 기질을 가지고 태어난 나는 자주 고독했고 우울했다. 가진 것 없이 모든 걸 비워내야 하는 저녁 하늘처럼. 아니, 즐기는 것인지도. 고독한 사람들은 어딘가 한 차원 높은 세계에 다다른 것처럼 보였다. 나도 그러고 싶었다. 해가 지는 쪽에선 굳이 그런 얼굴을 숨기지 않아도 좋았다. 누구나 말한다. 노을이라서 그래, 불타는 저녁이 내 앞에 서 있어서, 저 '멍' 속으로 들어가지 않고는 달리 할 일이 없다니까.

어떤 것들은 항상 늦게 온다. 기억마저 소멸되었다고 느낄 때 불쑥 들이닥친다. 유년의 어떤 날들이 그렇다. 특별한 서사를 가진 건 아니지만 한 장면만 정지된 채 눈앞에 던져진다. 이건 또 무슨 계시인가? 무의식이 어떻게 에고$_{ego}$를 밀어내고 지금 내게 들이닥친 것인가 말이다.

주말에 비가 온다는 건 정말 큰 행운이었다. 마치 내가 나라를 구한 장수라도 된 것처럼. 나에게 온 행운이 모두에게 공평한 건 아니라서 엄마에겐 불행한 날씨였다. 비가 오면 수제비나 메밀 부침개를 해 먹을 수도 있고 배를 깔고 책을 읽을 수도 있었다. 물론 아주 행복하게 그걸 즐긴 건 아니었지만. 엄마는 학교 안 가는 주말에 우리를 일손으로 쓰려고 했는데 못 써서 실망감이 컸다. 밭에는 할 일이 산더미 같은데 손 놓고 비 구경이나 하고 있어야 했으니. 빨리 자라는 잡초도 뽑아야 하고 배추도 솎아야 하고 고구마나 감자도 캐야 했으니. 이것만이 아니었다. 그때는 사계절 밭에 안 심은 작물이 없었다. 보리, 조, 콩, 깨, 무, 배추, 마늘, 고구마, 감자 심지어 땅콩까지. 아마 여기에 몇 개가 더 추가됐을 것이다. 운동장 몇 개를 붙여 놓은 것인지 해도 해도 일은 끝나지 않았다. 나는 그때 한참이나 작았으니까. 이것만 했을까. 산에 가서 땔감도 해 와야 하고 겨울엔 밭의 돌도 주웠다. 돌 많고 바람 많고 여자 많은 제주가 그냥 하는 말이 아니었다. 빨래에 집안일까지 손에 물기가 마르지 않았다.

　열사병 같은 시간을 견디게 해 준 건 책이었다. 우리 집은 책을 사 줄 정도로 여유도 되지 않았지만 그럴 필요성을 느끼지 못했다. 가난의 굴레에서 벗어나기 위한 몸부림만이 최선의 선택이라는 입장이었다. 마침 같은 동네에 조금 산다고 하는 사촌이 있었는데 계몽사에서 나온 전집을 우리 집으로 버린 것이 아닌가. 덕분에 내 인생의 첫 전환점을 맞게 되었다. 시골의 밤은 도시보다 더 새카맣고 길었다. 할 일도 마땅치 않았다. 그때 내 손에 잡힌 책에선 끝없는 빛이 쏟아졌다. 밤마다 그 깊고 깊은 통로로 빨려 들어갔다. 어찌할 수 없는 속도였다. 내가 살고 있는 이곳이 전부라 믿었던 내게 세상이 얼마나 넓고 다양한 곳인지 보여 주었다. 물론 그 당시 이야기는 대부분 선악의 구도로 전개되었다. 희망 고문이라고 해도 운명처럼 믿고 싶은 지푸라기를 부여잡

고 살았다. 나는 빨간 머리 앤이었고 알프스 소녀 하이디였
고 소공녀였다. 그녀들이 서쪽의 희망이었다. 지금 나는 어
떤 운명적 하강으로 인해 상승하기 전에 이런 누추한 섬에
갇혀 있는 것뿐이라고. 영웅소설의 전개 같은 흐름이 내 이
야기의 넌출마냥 뻗어 갔다. 그때는 그런 공상이 꽤 도움이
됐다. 그러니 대정읍 인성리 150번지에 사는 아주 작고 보
잘것없는 소녀가 날개를 달기 위해 지금의 고통을 견디는
건 매우 당연한 일인 것이다. 나중에 올 더 큰 보상을 위해
지금의 나는 단지 흙빛에 잠겨 없는 척 살아도 좋았다.

　지금 생각하면 그때의 일들이 삽시간에 일어나고 사라
진 것처럼 아득하다. 고통은 시간을 멈춘다. 나는 멈춰 있던
시간을 소비하려고 글을 쓰기 시작했는지 모르겠다. 그런
삶의 지겨움을 초등학생 때 벌써 알아 버린 것처럼. 그때 나
는 무심했다. 외부의 세계와도 내부와도 문을 닫고 오로지
책의 세계에 빠졌다. 마치 나를 구원할 누군가가 나타날 것
이라는 기대를 품었었나 보다. 결국 그 구원자가 시詩라는
걸 뒤늦게 알게 되었지만.

　아직 내가 여기 고백할 것이 남아 있을까마는. 나라는
한 개인의 기준점이랄까 경계랄까 그런 걸 나누라면 아마
시를 쓰기 전과 시를 쓰게 된 이후의 나로 갈릴 것이다. 땅
만 보고 걸었던 내 눈이 바람을 타고 아주 먼 곳까지 반짝이
는 홍채를 부려 놓았다든지 하는. 물론 이런 이야기는 듣는
이에겐 지루하고 뻔하다. 쓰고 나면 넋두리나 늘어놓는 셈
이 되니까.

하지만 나의 서쪽. 그곳은 오래전 나의 심장을 두고 온 곳이다. 상상의 빛줄기를 심어 놓은 아주 깊숙한 구석. 그 빛이 나에게 오기까지 철모르는 아득한 시절을 지나왔다. 그 아득한 경계에서 시를 쓰고 시를 믿었다. 쓰는 사람들은 쓰지 않고는 못 배기는 병이 있기 마련이다. 어딘가에 내 말을 쏟아 놓고 싶은 병. 안 그러면 곪아 터져서 온몸에 독소를 퍼뜨리고 정신까지 피폐해지는 그런 지경에 다다르기도 하는. 물론 말을 참을 줄 아는 내공도 중요하다. 말을 하다 보니 섬 한 바퀴를 돌아 버린 기분이지만 나의 고백은 여전히 이 섬, 제주다. 고독이라고 해도 좋고 바다 너머로 그리워할 것들이 너무도 많은 이곳. 슬프고 아득한 것들이 좋았다. 섬엔 그런 것투성이니까. 여전히 내 시는 이 섬에서 태어나니까. 나와 함께 살고 성장한 서쪽의 심장처럼.

발문·추천사 ———————————— 시골시인-J

물의 속살을 알고 있는 시인

덜 먹고 덜 기대하고 덜 꿈꾸는 것이 비밀이었다
비밀을 없애기 위해 물에 드는 여인들의 노래는
바다의 상상이었다

　　　　　　　　　　　　　－허유미, 「첫 물질」 중에서

　물은 마치 한 묶음의 시를 건져 올리기 위한 공간이 된
다. 시를 건져 올리기 위해 어둠을 오래도록 쓰다듬어 물의
속살을 알고 있는 허유미 시인. 돌아갈 길을 잃어버려도 섬
한 바퀴를 돌고 나면 다시 맑아져서는 후두둑 후두둑. 그는
온전히 물 위에서 수평의 시소와 오래전 멈춰 버린 벽시계
와 버려진 의자에 집중한다. 무엇도 안전하지 않은 불안 속
에서, 안전하지 않아서, 중단할 수 없어서 불안한 채로 시
의 허기를 달래는 중이다. 제주의 푸른 밤이 신내림처럼 내
게 와서는 초원의 들판이 태엽을 감듯 너에게로 간다. 기린
의 긴 다리로 무슨 노래인지 모르고 따라갔던 첫 물질은 제
주의 푸른 밤으로 가는 길이 되고 춤이 되고 노래가 되었다.
좀처럼 물 위로 몸을 드러내지 않는 성게가 반쯤 지워진 얼
굴로 바위에 앉아 가만히 혼잣말하듯 시의 근원을 찾을 수
있겠다. 그곳밖에 없어서, 절망할 수 있는 것이 이것이어서,
그 지점에서 불안을 떨쳐내고 있는 건지 모르겠다. 내 유년

의 허기와 그의 얼룩무늬가 명랑으로 겹쳐짐이 우연일지. 어느 방향으로도 끊겨 있는 길에서 예상치 못한 감각이 살아 움직이기를 끝내 바라게 된다. 그곳이 바로 세상으로 나아가는 지점이며 그곳의 불안과 균열이 구체적인 위치로 옮겨 가는 일이기도 하다. 어떻게든 삶이 흘러가듯 그곳으로부터 스며들고 섞여서 끝없이 미로이며 끝없이 무의식으로 흘러가면 좋겠다. | 유승영

끊임없이 주파수를 던지는 암호

> 사랑하면 꼭 다시 만난다는 시칠리아의 덕담을
> 외진 이곳에서 들었다
> ─고주희, 「슈, 페이스트리, 나의 작은 사과꽃」 중에서

그가 스스로 고백하듯 고주희 시인의 창작 원동력은 '사라봉'과 '전혜린'이다. 하나는 '장소'적 요인이고 다른 하나는 '사람'의 영향력인데 장소와 사람, 혹은 사람과 장소는 우리가 글을 쓸 때 매우 중요한 매개체임이 틀림없다. 뮌헨대학에서 학위를 받은 전혜린 작가는 특히 독일의 전통문학을 사랑했다고 한다. 독일 철학의 거장 마르틴 하이데거는 집필 시기에 항상 토트나우베르크의 통나무집에만 머물렀다고 전해진다. 사라봉 근처에 머물면서 시를 쓰고 있는 고주희 시인은 지금 우리에게 과연 어떤 메시지를

던지고 싶은 것인지 궁금해지던 찰나였다.

휘슬 레지스터, 슈, 페이스트리, 가드 망제, 로이 하그로
브, 메시아, 모디카, 블루 툰베르기아로 이어지는 그의 관심
사를 살펴보면 독일에서 귀국 후 헤르만 헤세, 하인리히 뵐,
에리히 캐스트너, 루이제 린저 등의 작품을 번역하는 데 온
열정을 쏟아붓던 전혜린이 연상된다. 늘 시간에 쫓기고 삭
막한 도시에서 방황하는 세상 사람들에게 끊임없이 주파
수를 던지는 그의 암호가 의미 있는 메시지로 해독되는 날,
사라봉 등산로에는 벚꽃이 만발하고, 제주 바다를 영롱하
게 비추는 장엄한 낙조에 전율을 느끼는 순간이 찾아오리
란 걸 나는 믿는다.│권수진

인천 교동도에서 제주도까지

> 섬의 시작은 바다이고 섬의 끝도 바다예요. 그러니까
> 바다는 섬과 육지가 연결될 수 있는 통로이자 연결될
> 수 없는 단절이 되기도 하죠.
>
> ─ 김애리샤,「나의 사주는 섬」중에서

인천 교동도에서 제주도로 삶의 거처를 옮긴 김애리샤
시인은 이른바 뭍으로 일컫는 육지와 섬의 경계를 바다로
도 기술했지만 반대로 경계란 말이 한낱 인간이 그어 놓은
상념적 족쇄일 뿐이라는 것도 이번 공동시집에 수록된 작

품들을 통해 증명하고 있다. 그동안 시인이라 자처하는 수
많은 사람들이 고립과 연대 사이에 그어진 타협이라는 경
계선 상에 은거하면서 편협한 선입견으로 예술적 가치를
얼마나 쉽게 재단하려 했었던가. 하여 나는 앞서 수록된 김
애리샤 시인의 시편에서 화자가 왜 이면적 성찰을 통해 시
대착오를 읊조리려는지 독자들이 갈파해 주기를 바란다.

　제주도 땅을 한 번도 밟아 본 적 없는 사람이 제주 시인
에게 바랐던 것은 어리석게도 하르방의 계절이나 일몰하
는 수월봉의 풍광이었다. 그 후 발간을 앞두고 취합된 제주
시인들의 시편들을 읽으며 곧바로 반성에 들었다. 제주 4·3
사건이 남긴 역사적 의의를 다시 떠올리는 계기가 되었고,
섬과 섬이 숨과 숨으로 이어져 있기에 K와 J가 공유하는 비,
별, 바람은 결코 문학적 경계가 될 수 없음도 다시금 깨달았
다. 어쩌면 이곳 고성에 이는 파도는 겨울을 녹이고 온 제주
의 따뜻한 위로일지도 모르겠다. | 서형국

감정의 항해, 뒤엉킴으로써 물길이 열린다

　　사랑하면
　　불안은 어느 쪽으로 가든 만나는 나이테 같아
　　　　　　　　　　　　－김효선, 「은행나무 도마」 중에서

　　잘게 부수거나 끓인다. 내려친다. 결락된 감정은 말을

매개로 하여 먹을 수 있는 물질로 변형된다. 김효선 시인의 감정에는 물성이 있다. 미끈하고 촉촉하다. 감겨 올라온다. 시에서 그 물성은 종종 촉각이나 미각으로 이동한다. 매일 매일 그것의 껍질을 벗긴다. 그런데 말이 매개가 될 수 없다면? 요리하고 있는 그의 찌개는 자주, 홀로 식어 간다. 시편을 읽는 동안 그와 말없이 저녁 식탁에 마주 앉아 있는 기분. 김효선 시인의 시에서 타인에게 말을 거는 행위는 음식을 먹는 행위가 된다. 그리고 시를 쓰는 창작 행위는 문자와 음률로 반죽을 하고 요리를 하는 것이고 말 걸기는 시라는 요리를 위한 재료로서 의미를 가진다. 이때 감정은 오롯이 시인 자신만의 감정일 수 없다. 미각을 잃어버린 차가운 바닥에서 그의 의자는 이따금 나동그라진다. 감정은 반드시 타인을 통과한다. 통과하면서 지연되고, 그러면서 얽힘을 겪어야 한다. 감정의 항해는 이 뒤엉킴을 배후로 물길이 열린다. K로부터 떠난 말이 J에게로 가닿아 하나의 물길이 되기까지 나도 내 안에서 푸른 섬을 끌어올린다. 흔들리는 물길 안에서도 훤히 알고 있을 것만 같은, 제주 대정읍 모슬포······ 그가 지나온 포구와 불타는 서쪽을 향해 타舵를 돌린다. 망망대해 너머로 눈을 감아 보자. 오소록하게 섬의 윤곽이 돋아 올 때 우리는 이제 길을 잃을 염려가 없다. 섬 안으로 함께 걸어가기 위한 우리의 곁을, 그는 벌써 준비해 두었을 것이기 때문이다. l 이필

마파람을 닮은 봄의 시

바다를 마주하고 있는 섬에 있는 조그만 책방의 책들 사이로 바람이 불어옵니다. 어제오늘이 다르고, 매 계절이 다른 바람은 각기 다른 매력이 있지만 가장 설레는 건 '봄'이에요. 한겨울 책 위로 내려앉았던 먼지들이 반짝인다면 그건 바로 '봄'이에요. 겨우내 움츠러들었던 마음이 조금씩 느슨해지면서 활짝 피어날 준비를 합니다.

지금, 봄의 가장자리에 들어설 즈음 바다에서 떠내려온 유목처럼 『시골시인-J』를 만났습니다. 이 책은 네 시인의 이어달리기를 통해 완성된 시집입니다. 고독과 외로움이 한없이 밀려오고 쓸려 가는 곳. 파도에 섞인 포말 빛 눈물이 쉼 없이 쏟아지는 곳. 청량하고 외로운 섬을 살아가는 시인들의 이야기.

네 명의 여성 시인들이 각자 자기만의 방에서 길어 올린 시간을 조심스레 꺼내어 놓습니다. 섬에서 방황하며 잃어버린 시간. 섬이 주는 자유와 구속의 굴레. 그 속에서 생성되는 끝없는 고뇌와 번민의 흔적들은 시인 각각의 내면을 오롯이 드러내면서도 결국 유기적으로 연결되어 서로를 보듬어 주고 있습니다.

시인들의 글을 읽으면 제주의 바람이 불어오는 것 같아요. 우도의 늙은 해녀들이 말하는 '마파람'을 꼭 닮았단 생각이 듭니다. 겨우내 얼었던 대지 위에 봄을 실어 나르는 부드럽고도 매우 섬세한 바람이에요. 저 멀리 바다를 건너 제주의 바람이 된 문장은 섬의 외로움을 가득 끌어안아 주고, 시린 마음을 뜨겁게 위로해 줍니다.

허유미, 고주희, 김애리샤, 김효선⋯ 네 시인이 보내온 시에 기꺼이 마음을 다해 출렁이고 싶습니다.

이의선-밤수지맨드라미북스토어 대표

시로 만나는 제주

부끄럽게도, 서점을 운영하면서도 정작 시에 대해서는 잘 모른다는 고백으로 이 시집의 추천사를 시작해 봅니다. 그러면 안 된다 하더라도 저로서는 그렇게 하지 않고서는 달리 이 글을 시작할 방법이 없습니다. 이 짧은 글을 시작하기에도 이렇게나 막막한데 시를 쓴다는 것은 또 얼마나 아득하고 고난한 일일까요. 그렇지만 그 아득함과 고난함을 넘어 이토록 아름답고 신비로운 언어에 도착하는 일이란 또 얼마나 놀라운가요.

시라는 말이, 일상의 속도로 인해 우리가 흘려보낸 삶의 풍경들을 더 자세히, 더 깊게, 그래서 더 잘 보고, 듣고, 이해하게 해 주는 언어라고 한다면, 이 시집은 제주를 여행하고 살아 보아도 보지 못하고 듣지 못한 제주의 삶과 풍경을 다시 보여 주는 또 다른 말의 여행입니다. 아마도 그건 시인의 내면으로 본, 더 깊고 다른 삶의 제주이겠지요. 그렇게 우리는 이 시집을 통해 시인 한 분 한 분이 살아낸 제주 삶의 자국들을 만져 볼 수 있습니다. 어쩌면 시로 만나는 제주 여행은 "시가 나를 두드리기 전까지는" 몰랐던 제주의 모습을 만나는 경험일 수도, 혹은 "나를 나이게 만들어 주는" 제주의 삶을 들여다보는 일일 수도, "제주를 더 잘 보고 잘 듣고 잘 이해"(김애리샤)하는 여정일 수도 있을 것입니다.

　이곳에 내려와 살기 시작한 지 몇 년이 흐르는 동안 저에게도 제주는, 익숙하다가도 어느새 낯설기도 하고 광활한 듯 때론 답답하기도, 친근하다가도 돌연 무섭게 여겨지는 신비로운 섬으로 다가옵니다. 그리고 그건 아마도 우리의 삶 자체가 그러한 것과 마찬가지의 일일 테지요. 그렇게 삶이, 이곳 제주가 "깊이를 알 수 없"다고 느껴질 때면 "가깝지 않은 사람이 정답일지도"(김애리샤, 「플라워돌핀사우르스」) 모른다는 마음으로 이 시집을 펴 들어 보는 건 어떨까 합니다. 아마도 그곳엔 뜻하지 않은 위로와 공감이 기다리고 있을지도 모르니까요. 혹은 바쁜 생활의 와중에 "우리는 세상에서 가장 큰 고독"이라는 느낌이 들 때면 "혼자이되 혼자가 아닌"(허유미) 섬의 정서가 담긴 시를 접해 보는 것도 좋을 것입니다. 그렇다면 어느 구절에선가 "사랑하면 꼭 다시 만난다는"(고주희, 「슈, 페이스트리, 나의 작은 사과꽃」) 덕담을 들을 수도, "종달리 골목과 골목 사이/ 꼭 누가 보내 준 답장처럼"(고주희, 「수국, 이상하고 아름다운 메시아」) 수국을 마주칠 수도, "검은 이마에 오소록한 별빛 돋아나"(김효선, 「문어」)는 시간을 만나거나 "속삭이는 목소리를 주워/천 년 동안 나무로 살았다는 시를 쓰고 싶"(김효선, 「은행나무 도마」)은 시인을 만나 볼 수도 있을 테니까요.

어쩌면 시를 읽는 것만으로도 시인이 몸과 마음으로 겪어낸 제주의 풍경과 삶을 내 손에 담아 보는 경험을 할 수도 있을 것입니다. 이 얼마나 놀랍고 신비로운 일인가요. 제주를 담은 시라는 것이, 그 시를 한 올 한 올 풀어낼 당신의 마음이란 것이.

이재호-제주살롱 대표

시골시인들

허유미 eojini104@daum.net

섬을 지은 건 엄마 노래와 시였다. 섬을 떠나 살아 본 적이 없다. 섬에서 바람을 따라다니는 것이 가장 신난 일이다. 바람이 지나간 곳은 언제나 시가 있음이 확실했다. 바람이 닿는 곳곳은 내 생의 바다가 된다. 한 줌 바람으로도 시를 쓸 수 있다. 시로 만선의 꿈을 꾸는 날에는 바람과 손을 잡고 헤엄치기도 한다.

고주희 sherlock7299@daum.net

왜 그랬을까. 시를 쓴 일. 우리일 때 가능했지만 우리여서 저주받은 일. 가장 외로운 곳에서 쓰는 시를 제주라고 말하고 싶었다. 오름과 바다를 제외한 그 어떤 것이라도 좋았으나, 어쩔 수 없는 기저의 무엇이 전전긍긍 시를 여기까지 끌고 왔다. 가장 고독한 나무를 받아 적는 지금, 한 사람이 빠져나가는 동안 길을 양보하는 산책자처럼 걸어오는 저편의 것들을 계속 쓰고 싶다.

김애리샤 wanderlust4104@daum.net

제주에서 이제 겨우 걸음마를 시작하고 옹알이를 하고 있다. 20여 년을 이곳에서 살았지만 마음의 문을 꼭꼭 닫고 살았다. 시가 나를 두드리기 전까지는 그랬다. 빼꼼히 문을 열고 보니 제주는 내가 보아 왔던 제주와 많이 달랐다. 아름답고 따뜻하지만 많이 아픈 곳이다. 곳곳에 상처들이 많다.

시를 쓰는 사람은 잘 보아야 한다고 했다. 나를 나이게 만들어 주는 곳 제주, 이곳을 감싸 줄 수 있는 시들을 지으며 살고 싶다. 그러기 위해 제주를 더 잘 보고 잘 듣고 잘 이해하고자 한다. 긴 여정이 될 것이다.

김효선 angelica72@empas.com
언제부터 나는 나를 오롯이 받아들이기 시작한 걸까. 그런 물음들이 여기저기 나를 흘려 놓고 부려 놓는다. 봄은 그런 계절이다. 어딘가에 흘리고 온 내가 쏘옥 연둣빛을 내밀기도 하고. 내가 어디서 왔는지 뒤돌아볼 때 손차양을 하며 나를 부르는 문장들. 물이고 바람이고 햇빛에 녹아드는 나라는 물질. 잔주름 많은 모래톱을 쌓아 올려 때론 한꺼번에 무너지기도 했던 이름. 다시 내 이름을 부른다. 꽤 오래 많이 걸렸다. 슬플 일 좀, 없었으면 좋겠다.

기획 | 시골시인 – J

이 공동시집은 '시골시인'의 릴레이 프로젝트입니다.

시골시인 —J

2022년 5월 6일 1판 1쇄 펴냄

지은이   허유미, 고주희, 김애리샤, 김효선
펴낸이   김성규
편집   김은경 김도현
디자인   신아영
내지 그림   김택수(책방 지구불시착)
펴낸곳   걷는사람
주소   서울 마포구 월드컵로16길 51 서교자이빌 304호
전화   02 323 2602
팩스   02 323 2603
등록   2016년 11월 18일 제25100-2016-000083호

ISBN   979-11-92333-11-3   04810
ISBN   979-11-960081-0-9   (세트)